AtV

Helga Königsdorf wurde 1938 in Gera geboren. Von 1955 bis 1961 studierte sie Physik in Jena und Berlin. Ab 1961 wissenschaftliche Tätigkeit auf dem Gebiet der Mathematik. 1963 Promotion, 1972 Habilitation. 1974 wurde sie zur Professorin an die Akademie der Wissenschaften berufen und leitete eine Abteilung für Wahrscheinlichkeitsrechnung und Mathematische Statistik. Seit 1990 freischaffende Autorin. Helga Königsdorf lebt in Berlin.

Meine ungehörigen Träume (Geschichten, 1978); Der Lauf der Dinge (Geschichten, 1982); Respektloser Umgang (Erzählung, 1986); Lichtverhältnisse (Geschichten, 1988); Ungelegener Befund (Erzählung, 1990); 1989 oder Ein Moment Schönheit. Eine Collage aus Briefen, Gedichten, Texten (1990); Adieu DDR, Protokolle eines Abschieds (1991); Aus dem Dilemma eine Chance machen (Reden und Aufsätze, 1991); Gleich neben Afrika (Erzählung, 1992); Im Schatten des Regenbogens (Roman, 1993); Über die unverzügliche Rettung der Welt (Essays, 1994); Unterwegs nach Deutschland (Protokolle, 1995).

Schon als Kind wußte ich, daß ich Schriftstellerin werden würde. Vielleicht hatte das Gefühl, anders zu sein als die anderen, etwas damit zu tun. Das ist ja für einen jungen Menschen mit Verletzungen verbunden. Immer wenn meine Schwierigkeiten mit der Wirklichkeit zu groß wurden, zog ich mich in Phantasiewelten zurück. Ich muß geahnt haben, daß die Reparatur von Peinlichkeit ein Schreibantrieb ist, der nicht ausgeht. (...)

Ich hatte eine Zeitlang zwei Existenzen. Helga Bunke und Helga Königsdorf. Die beiden entwickelten sich schnell auseinander. Manchmal hatte ich ein regelrechtes Umschaltgefühl. Nachträglich gesehen ist in meinen Texten das kritische Ich immer auch zugleich das kritisierende Ich. Vielleicht durfte ich deshalb auch alles veröffentlichen.

Helga Königsdorf in einem Interview der Zeitschrift „Diskussion Deutsch", März 1995

Helga Königsdorf

Der Lauf der Dinge

Geschichten

Aufbau Taschenbuch Verlag

ISBN 3-7466-1345-0

1. Auflage 1996
Aufbau Taschenbuch Verlag, GmbH, Berlin

Umschlaggestaltung Torsten Lemme unter Verwendung eines Ausschnitts aus dem Gemälde „Der hl. Johannes der Täufer in der Wüste“ von Hieronymus Bosch
Satz LVD GmbH, Berlin
Druck Elsnerdruck GmbH, Berlin
Printed in Germany

Inhalt

Wer Ähnlichkeiten findet, muß Gründe haben.

Ehrenwort – ich will nie wieder dichten

Hiermit gebe ich allen Anfragern, gleich, welche Motive, Vorstellungen oder Gerüchte sie bewegen, zur Kenntnis: Noch geht es mir gut. Allerdings bitte ich, den folgenden Bericht, in dem ich ehrlich und selbstkritisch darlegen werde, wie es zu jenen peinlichen Entgleisungen kam, vertraulich zu behandeln.

Der Zeitpunkt, an dem alles begann, ist ziemlich genau bekannt. Ich muß jedoch mit Bedauern eingestehen, daß ich über Ursache und Anlaß wenig zu sagen weiß.

An jenem trüben Aprilmorgen – ich bin sicher, es hat geregnet – stand es mit einemmal als unabänderliche Gewißheit im Raum: Ich war über Nacht zum Dichter geworden. Sonst hatte sich nichts verändert. Robert lag neben mir und demonstrierte seine Absicht, mit der Welt vorerst keine Verbindung aufzunehmen, indem er das Federbett über den Kopf zog und seine Füße gegen die Zimmerdecke richtete.

Meine Entdeckung erschien mir in keiner Weise

erfreulich. Ich hatte bis dahin nicht die geringste Neigung zum Heldentum an mir beobachten können. Ich war eher ein ängstlicher Typ. Aber jeder Versuch, aufzubegehren, erwies sich als sinnlos. Wider Willen war ich auserwählt, hatte mich im Schlaf einer Schlange gleich gehäutet. Es kam mir vor, als hätte eine fremde Persönlichkeit von mir Besitz ergriffen, die mein klardenkendes Ich unaufhaltsam verdrängte. Am Frühstückstisch hatte sich das neue Wesen in mir bereits gemausert. Robert rührte in seinem Milchkaffee und sagte gedankenvoll: „Mach, was du willst.“ Das war eine typische Robert-Antwort. Er wußte natürlich, ich würde sowieso machen, was ich wollte.

Unser Sohn, ein schönes Produkt einheitlicher Erziehung, saß dabei, hellhörig, flinkäugig wie ein kleines Nagetier, und träufelte Honig in die aufgewärmte Schrippe. „Mann“, mischte sich der Junge in unser Gespräch, wobei seine Stimme zwischen hohem Diskant und tiefen Knurrlauten schwankte. „Mann, warum machst'n das. Kannste nicht was Nützliches tun.“

Ich befand mich in einer mißlichen Lage. Immerhin war ich Leiterin eines sozialistischen Kollektivs, und man durfte von mir Vernunft erwarten, nicht solchen spätpubertären Unfug. Mein Lebenswandel war bis zu jenem Aprilmorgen auf der ganzen Linie vorbildhaft verlaufen.

Oberflächlich schien auch an diesem Tag alles wie immer zu sein. Ungemachte Betten. Schmutziges

Geschirr. Roberts Gurgeln aus dem Badezimmer. Die Zeit, die davonrannte. Und zugleich war nichts wie sonst. Nach ungenügendem Nachtschlaf in stickiger Neubauluft als Dichter erwacht, konnte ich nicht einfach so tun, als sei nichts geschehen, es normal finden, meine Gefühle durch Gewohnheiten zu ersetzen. Eine gewisse Labilität meines Gemütszustandes war also nicht zu übersehen. Der Funke des Aufruhrs glimmte in meiner Seele.

Da ich weder tot noch ausländisch war, würde der Anfang schwer werden. Ich brauchte etwas, wogegen, und etwas, wofür ich dichtete, um gelesen und gedruckt zu werden. Später, im Zenit meiner Dichterlaufbahn, wurde ich oft nach meinem Anliegen befragt. Da es einen sehr schlechten Eindruck gemacht hätte, kein Anliegen zu haben, sagte ich immer viele kluge Worte. Zu Beginn meines Dichterlebens dachte ich jedoch darüber nicht nach. Hätte ich nämlich nachgedacht, wäre ich wahrscheinlich nie ein Dichter geworden. Ich hätte eine Eingabe gemacht, auf Versammlungen geredet, mich scheiden lassen, kurzum eine der Möglichkeiten genutzt, die dem normalen Menschen für ein Anliegen offenstehen. Je länger ich nachsinne, um so annehmbarer scheint mir die Hypothese, mein plötzliches zwanghaftes Dichten stehe im Zusammenhang mit einer langjährigen Denkabstinenz. Eines Tages öffnet das Unbewußte seine Schleusen, und die solange erfolgreich verdrängten Fragen brechen sich eine Bahn. Ich stand ziemlich ratlos neben mir.

Die Wahrheit, vor allem die eigene innere, ist ein kompliziertes Ding. Wir tragen sie wie Sedimentgestein in uns. Hinter jeder Schicht kommt eine neue, und ganz unten wird sie stets ein bißchen unangenehm. Deshalb ist es vielleicht gar nicht zweckmäßig, über sich selbst Auskunft zu geben. Auch sollten wir der Nachwelt eine Chance lassen, ihre Probleme in uns hineinzuinterpretieren.

Die Wochen, die jenem Aprilmorgen folgten, erscheinen mir in der Erinnerung als eine glückliche intensive Zeit. Die Verse strömten aus unerschöpflichem Springquell. Jeden, der hören wollte, und jeden, der nicht hören wollte, beglückte ich mit meinen Rezitationen. Bei Geselligkeiten saß ich in mich gekehrt. Der übliche Austausch über Abläufe und Fakten berührte mich nicht mehr. Ich wartete, bis jemand mich aufforderte, etwas Neues zum besten zu geben. Dann blühte ich auf, fühlte mich kraftvoll und herrlich. Der Kosmos lag auf meinen Schultern und wog schwer und leicht zugleich. Wenn ich beobachtete, wie sich die Gesichter meiner Zuhörer entspannten, wie sie sanfter wurden oder wie in sie ein neuer Zug nachdenklicher Entschlossenheit trat, verschwand meine innere Abwehr gegen meine Dichterexistenz endgültig.

Lediglich mein Sohn hörte mich nie an. „Ich halte mich da raus", sagte der kluge Junge.

Die meisten meiner Bekannten fanden mich ein bißchen lächerlich. Zugleich meinten sie aber, auf Grund meiner beruflichen Leistungen könne man mir ein gewisses Maß an Narretei nachsehen. Hatten sie sich zu diesem Standpunkt durchgerungen, kam ihnen mein Treiben sogar recht vergnüglich vor. Da besaß jemand plötzlich den Mut, etwas von sich preiszugeben, gestand Sehnsüchte, Niederlagen und Ängste ein, über die man sonst nicht sprach. Wie durch eine geheimnisvolle Ansteckung war ich bald nicht mehr allein mit meinen Versen. Es brach um mich herum eine regelrechte Dichtepidemie aus.

Dies sollte sich alles ändern, sobald offenbar wurde, daß ich mit dem Dichten ernst machte.

Zu Papier brachte ich eine Ballade über einen Abteilungsleiter und ein Poem über meine große Sehnsucht nach Liebe. Gewisse Ähnlichkeiten ergaben sich wirklich nur, weil ich meinen eigenen Abteilungsleiter am besten kannte und weil ich mich damals in einem Zustand befand, in dem ich mich in schneller Folge in alle Männer meiner Umgebung verliebte.

Nach der Niederschrift meiner beiden Gedichte ging eine Veränderung mit mir vor. Eine merkwürdige Unruhe ergriff mich. Nachts erwachte ich schweißgebadet. Ich war seit zwanzig Jahren gewohnt, mir für alles, was ich schrieb, die Genehmigung meines Leiters einzuholen. Das ließ sich nun nicht einfach abtun. Als mir Robert schließlich eine Stelle im Arbeitsgesetzbuch zeigte, die mich geradezu verpflichtete, dem Abteilungsleiter ein Geständnis abzulegen, empfand ich eine große Erleichterung.

Der Abteilungsleiter erbleichte. Ich erlebte einen der seltenen Momente, in denen er gern nicht der Abteilungsleiter gewesen wäre. Er hatte keine hohe Meinung von Dichtern. Sie waren ihm zutiefst wesensfremd. Er sah in ihnen selbstgefällige, haltlose Menschen, die mit Sicherheit einem schlimmen Ende zusteuerten. Die Umgebung mußte nur darauf bedacht sein, nicht in den dabei entstehenden Strudel hineingezogen zu werden. Deshalb schrieb er umgehend einen Bericht an den Direktor. Da der Direktor nur ein sehr kleiner Direktor war, würde eine Weile vergehen, bis jemand erreicht war, der die Verantwortung tragen konnte.

Ich las in der Seele des Abteilungsleiters wie in einem aufgeschlagenen Buch, hätte ich doch selbst nicht anders empfunden, wäre es um einen meiner Mitarbeiter gegangen.

Die Redakteurin, der ich meine beiden Gedichte anbot, begeisterte sich vor allem für meine Liebeslyrik. Ich vermute, auch diese Frau trug geheime unerfüllte Wünsche mit sich herum. Sie legte mein Manuskript dem Chefredakteur mit dem Vermerk „Emanzipationslyrik" vor, woraufhin dieser angewidert die Nasenflügel blähte und, ohne zu lesen, „einverstanden" darunter schrieb. Später muß er es aber doch gelesen haben, denn die Redakteurin wurde in die Abteilung „Verkehrsunfälle" versetzt, was der schnellen Verbreitung meiner Gedichte nicht zum Nachteil gereichte.

Über das Aufsehen, welches mein lyrisches

Schaffen erregte, kann ich nur sehr ungenau berichten. Mit Sicherheit gelangte mir nur die Spitze des Eisbergs zur Kenntnis.

An einem Spätsommersonntag saß ich mit Robert am Mittagstisch. Er schluckte eine größere Menge Simagel und stocherte lustlos in seinem Kotelett. Auch wenn ich Probleme hätte, so begann er, sähe er doch keinen zwingenden Grund, diese unter die Leute zu bringen. Dieses Thema variierte er mannigfaltig im Crescendo. Am Ende forte: Es wäre geradezu eine Zumutung, andere Menschen mit meinem ungeordneten Innenleben zu belästigen.

Dichter aller Zeiten hätten nichts anderes getan, verteidigte ich mich.

„Ja Dichter!" schrie Robert, „aber du! Du bist meine Frau!"

Wir saßen uns stumm gegenüber und wußten, daß wir das gleiche dachten, synchron, wie in den vielen Jahren, bis ich mit dem Dichten begonnen hatte. Die Dichter vergangener Epochen sind fast immer Männer gewesen. Ihre Frauen durften sich als Musen betätigen oder hatten ihnen den trivialen Alltag vom Leib zu halten. Lösten sie diese Aufgabe gut, fiel ein schwacher Abglanz des Ruhmes auf sie. Aber uns fehlt jegliche historische Einstellung zum Ehemann einer Dichterin, und ich litt sehr darunter, daß ich Robert diese Schmach nicht ersparen konnte.

Unser Sohn machte die wichtige Erfahrung, daß Sichraushalten nicht immer Draußenbleiben bedeutete. Ein Ausspruch seiner Deutschlehrerin, wahre Dichter seien das Gewissen ihrer Nation, beunruhigte ihn sehr. Soviel er auch grübelte, er konnte keinen Sinn in diesen Satz bringen und vermutete eine versteckte Drohung. Am schlimmsten erging es meinem Abteilungsleiter. Er saß in einer Zwickmühle. Protestierte er, bekannte er sich als getroffen. Schwieg er, konnte man ihm nachsagen, meine Dichterei genösse seine Duldung.

Es gab Leiter aller Ebenen, die mit ihm fühlten. Sie sahen in meinen Gedichten schlichten Verrat.

Der Direktor hingegen hatte kein Mitleid mit ihm. Er sagte, es wäre eine Sauerei, wenn sich die Leiterin eines sozialistischen Kollektivs die Fingerspitzen eines Mannes, der nicht ihr eigener sei, auf allerlei unanständigen Teilen ihres Körpers vorstellte. Das heißt, vorstellen könnte sie sich, was sie wollte, aber sagen dürfte sie es nicht. Ein fähiger Abteilungsleiter hätte das verhindern müssen. Obwohl mein Abteilungsleiter seine Unschuld beteuerte und meine Bestrafung verlangte, wurde seine längst fällige Beförderung zurückgestellt. Dadurch fühlte sich vor allem sein Stellvertreter in der Laufbahn behindert.

Der Stellvertreter hielt sich für einen kunstverständigen Mann. Er vermisse in meinen Gedichten jedes konstruktive Element. Mit Randproblemen würde ich von der täglichen Auseinandersetzung ablenken. Meine Dichtung sei weder sonderlich neu noch sonderlich ästhetisch, sagte er. Man könne alles bereits in der Klassik nachlesen, und zwar besser.

Überraschend kamen meine Geschwister aus Mecklenburg und Thüringen zu Besuch. Wir sahen uns selten. Bei Jugendweihen und Silberhochzeiten. Dann renovierten sie ihre Häuser und kauften neue Teppiche.

Mein großer Bruder, der Ingenieur, war ein selbstbewußter Mensch, der häufig den technischen Direktor vertrat. Die Bücher in seiner Schrankwand hatte er zur Konfirmation oder als Auszeichnungen erhalten. Manchmal nahm er sie in die Hand, las die Widmungen und sagte gerührt: Wie die Zeit vergeht.

Mein jüngerer Bruder, der Agronom, seufzte: Woher sollten Leute wie wir für so etwas Zeit nehmen. Er sagte „Leute wie wir" mit einem deutlichen Unterton des Stolzes.

Meine Brüder waren die emsigsten Menschen, die ich kannte, und ich hatte großen Respekt vor ihnen. Sie saßen steif in meinen Drehsesseln, die in unserer Familie üblichen, etwas zu kurzen Arme auf die Oberschenkel gestützt, und sprachen über die Zukunft ihrer Kinder. Ich gestehe, es dauerte eine Weile, bis ich begriff, was dies mit mir zu tun hatte, ja, daß diese Zukunft geradezu von mir abhängig gemacht wurde.

Sag doch selbst, seufzte meine Schwägerin, wer kann sich schon eine dichtende Tante in den Kaderakten leisten.

Es belastete mein Gewissen sehr, daß ich die Menschen, die mir nahestanden, derart in Schwierigkeiten brachte. Ich fühlte eine unbehagliche Unsicherheit. Es gab Leute, die mich plötzlich nicht mehr kannten. Stets mußte ich gewärtig sein, daß meinem freundlichen Entgegenkommen eisige Ablehnung zuteil wurde. Der Abteilungsleiter, sein Stellvertreter und der Direktor beobachteten mich aufmerksam. Sie machten aus ihrem Verdacht keinen Hehl, ich schöpfe mich für meine Arbeit nicht voll aus. Ich war gewiß, irgendwann würden sie mich bei einer Verfehlung ertappen. Aber im Inneren erfüllte mich eine unerschütterliche Festigkeit, wußte ich doch, ich hatte keine Wahl gehabt. In jenen Herbstwochen erwachte auch mein Interesse für Dichter vergangener Epochen, ich fand manch Tröstliches in ihren Schicksalen. Wenn ich ganz ehrlich bin, verspürte ich sogar ein eigenartiges Glücksgefühl. Ich glaube, es hat ein schwacher Abglanz des inneren Glorienscheins großer Märtyrer über mir gelegen.

Ein renommierter Verlag schloß einen Vertrag mit mir ab, nach dem ich einen Vorschuß erhielt und verpflichtet war, innerhalb eines Jahres einhundertachtundneunzig weitere Gedichte in druckreifer Form abzuliefern.

Dieser Vertrag vermittelte mir zugleich eine nicht unwesentliche Einsicht: Um als Dichter ein mittleres Existenzniveau – etwa das eines Leiters eines sozialistischen Kollektivs – zu erreichen, müßte ich täglich fünfeinhalb Gedichte dichten. Ich dachte an die Mühe, die mir meine beiden ersten Dichtungen bereitet hatten, ich dachte an das gespannte Verhältnis zu meinem Abteilungsleiter und an die Scheidungsklage, die Robert einreichen wollte. Nachts wälzte ich mich schlaflos auf meinem Lager.

In meiner Not sagte ich zu, für das Studio Gegenwartsfilme und für ein Fernsehspiel Drehbücher zu schreiben. Ein bekanntes Kulturjournal bestellte bei mir ein Poem über die freundliche Briefträgerin von nebenan.

Dann erschienen die ersten Rezensionen.

Ich war von meinen beiden Gedichten überzeugt. Für so gut aber hatte ich sie nicht gehalten. Eine Besprechung begann: Soeben sind die von Kennern mit großer Spannung erwarteten ersten beiden Gedichte eines neuen Lyrikbandes erschienen. Und sie endete: Damit setzt die Künstlerin Maßstäbe für die Dichtung unseres Landes.

Ich las die Zeitungen nur noch daraufhin, ob etwas über mich darin stand. Eine Illustrierte dokumentierte meinen künstlerischen Werdegang in Wort und Bild.

In zwei Monaten bestritt ich dreiundzwanzig Lesungen und Diskussionsabende. Ich sprach über meine Schreibantriebe in sieben Rundfunksendungen.

Diese Entwicklung blieb nicht ohne Auswirkung auf meine Umgebung. Robert wies jetzt bei passenden Gelegenheiten auf das schwere Los hin, Ehemann einer Dichterin gewesen zu sein. Sogar der

Direktor brüstete sich mit gebührender Vorsicht, in seinen Reihen würden von jeher künstlerische Talente gefördert. Aber mein Sohn und der Abteilungsleiter gaben ihre Zurückhaltung nicht auf.

Mein Sohn befürchtete, sie müßten sich im Deutschunterricht mit mir beschäftigen, wodurch er es mit allen seinen Freunden verdorben hätte. Der Abteilungsleiter blieb bei seinen düsteren Prognosen und gab mir den heimtückischen Rat, zum Gegenstand meiner nächsten Ballade den Direktor zu erwählen.

Eines Abends lag ich auf der Couch, ein Kognakglas in der Hand. Ich sah mich auf dem Bildschirm mit dem Moderator an einem Kamin sitzen und locker und selbstsicher über meine Zukunftspläne plaudern. Ich hatte Mühe, mich sympathisch zu finden. Ich schaltete den Fernsehapparat ab und trank die Kognakflasche leer.

Am Morgen, als ich erwachte, wußte ich es sofort: Meine Dichterzeit war vorüber. Ich fühlte mich leer und ausgebrannt. Mir fiel überhaupt nichts mehr ein, worüber ich dichten sollte. Ich kam mir jetzt ungemein albern vor. Ein schlimmer Katzenjammer brach über mich herein.

Ich blieb der Arbeit fern, streifte ziellos durch unbekannte Straßen, bis der Abend kam und die Bogenlampen durch knallende Relais gezündet wurden. Aus den U-Bahn-Schächten stieg warme Luft. Es war Winter geworden. Fröstelnd kehrte ich in einer Kneipe ein und geriet in eine Runde zechender

Männer. Sie bewirteten mich mit Bier und Korn. Mein Name schien ihnen vollkommen unbekannt. Das war sehr tröstlich. Nach dem vierten Doppelten beichtete ich, daß ich eine berühmte Dichterin sei, die plötzlich nicht mehr dichten konnte.

Dichten ist Scheiße, sagte ein hagerer Alter mit Raubvogelgesicht. Die richtigen Anmeldungen mußt du haben. Für einen Betonmischer zum Beispiel.

Wozu brauchst denn du einen Betonmischer, fragte ihn ein vierschrötiger Mann mittleren Alters, dem die Kuppe des rechten Zeigefingers fehlte und zu dem ich sofort Zutrauen faßte.

Brauch ich doch gar nicht. Aber kannste prima vertauschen, mit Wertausgleich, erwiderte der Alte.

Ich erinnere mich nicht mehr genau, wie alles ablief. Der Vierschrötige war auf einmal in einem heftigen Zornausbruch aufgesprungen und überschüttete mich mit derben Schmähungen. Ein Glück für mich, daß ich eine Frau wäre, schrie er. Andernfalls würde er mich verprügeln.

Mein Heimweg verlor sich völlig aus meinem Gedächtnis. So viel aber ist sicher, ehe ich die Kneipe verließ, hatte ich dem Vierschrötigen versprochen, ein neues Leben zu beginnen und mir in seinem Betrieb Arbeit zu suchen.

Im nüchternen Zustand versetzte mich diese Idee durchaus nicht mehr in solche euphorische Begeisterung, doch fiel mir kein anderer Ausweg ein. Ich begab mich zum Direktor, um ihn über meinen Vorsatz zu informieren, solange meine Entschlußkraft ausreichte.

Da kam mir der Zufall zu Hilfe. Das Vorzimmer war unbesetzt. Der Direktor telefonierte in seinem Zimmer mit einem anderen Direktor. Ich entnahm einer Schachtel einen Kopfbogen, spannte ihn in die Maschine und schrieb einen Brief an meinen Abteilungsleiter. „... ist der Mitarbeiterin das Dichten strengstens zu untersagen. Damit kein Problemfall entsteht, empfehle ich, für angenehme Arbeitsbedingungen Sorge zu tragen."

Ich schob den Brief in die Unterschriftenmappe des Direktors.

Das Krokodil im Haussee

Widersprüchlich ist der Mensch. Aus dem engvertrauten Kreis drängt es ihn hinaus. Alle Dummheiten seines Lebens lastet er Vater, Mutter, Frau oder Kindern an. Ist er endlich draußen und muß für sich selber geradestehen, wird es ihm wohl sauer, und er sehnt sich zurück. Es ist ihm eigentlich nie recht zu machen.

Wir waren eine intakte Familie. Und so sollte es immer bleiben.

Zum harten Kern gehörten Mama, Papa, mein Bruder Hermann-Michael, mein Sohn Tommi und ich. Peter nicht. Nicht mehr. Tante Carola auch nicht. Und alles, was danach kam, nach Tante Carola also, erst recht nicht. Wir waren sehr für Abgrenzung.

Jenseits der Familiengrenze gab es nur Erfolgsmeldungen und Optimismus. Papas Krankheit war höhere Gewalt. Einladungen gingen hinaus, wenn es etwas vorzuführen galt. Ein neuer Teppich. Oder das Motorboot. Aber soweit sind wir noch nicht. Diese Geschichte beginnt viel früher.

Unsere Wohnung lag in einer ruhigen Nebenstraße mit vierstöckigen Altbauten. Die ewigen schwarzen Flecke vom Kohleanfahren auf dem Gehweg und der bröckelnde graue Putz verliehen der Gegend etwas Schmutziges. Im Winter sammelten sich Papierreste zwischen den kahlen Sträuchern der Vorgärten. Trotzdem fühlten wir uns in der Straße zu Hause. Jene Straße war nicht von einer Dimension, welche die Seele vergewaltigt. Hier wußte noch einer vom anderen. Die Alteingesessenen grüßten sich. Und wir gehörten zu den Alteingesessenen.

Damals schätzten wir das alles nicht besonders. Wir fühlten uns von nachbarlichen Augen und Ohren bis in unsere geräumige Wohnung mit dem schwer durchschaubaren Grundriß und den hellhörigen Wänden verfolgt. Es gab Themen, über die nur geflüstert wurde. Über Geld beispielsweise. Laute Streits trug man sich nicht wegen ihres Gegenstandes nach, sondern wegen der Bloßstellung vor Frau Ingenieurökonom Neumeister oder Herrn stellvertretenden Abteilungsleiter Gerwald. Aber im großen und ganzen führten wir ein harmonisches Familienleben.

Das spielte sich vor allem im Eßzimmer ab. Die Stuckgirlanden an den hohen Zimmerdecken. Mamas Meißner in der Vitrine. Unsere angestammten Plätze. Der kleine Balkon. Ausblick in Hinterhöfe und Gärten mit schönen alten Bäumen. Alles war immer dagewesen. Gehörte zu uns. Von Anfang an. Würde immer dasein.

Jedes Zimmer hatte seinen Namen. Das Schlafzimmer meiner Eltern hieß einfach „das Schlafzimmer". Kirschbaumfurnier. Tagesdecke und Übergardinen aus dem gleichen ziegelfarbenen Seidenstoff. Ein mannshoher Spiegel. Geöffnete Fensterflügel. Alles beruhigend kühl. Eine feuchte, etwas muffige Kühle. In einem solchen Raum war Sexualität nicht vorstellbar. Geschlechtliches brauchte mit den Eltern nicht in Verbindung gebracht zu werden.

Mit meinem Zimmer auch nicht. Nicht mehr, seit Peter wieder von uns fortgezogen war. Nach seiner Gastrolle, aus der Tommi hervorging. Mein Sohn Tommi, dem das Nebenzimmer zugesprochen wurde und der durch seine kleine brüllende Existenz „das Arbeitszimmer" allmählich in „das Kinderzimmer" umwandelte.

Schmale Räume mit Ausblick auf die Brandmauer. Trotzdem ein Wunder an Behaglichkeit. Es war Mamas Idee, die Wände mit Sackleinwand auszuschlagen. Sie markierte die Stelle für den Stahlstich, links neben meinem Schreibtisch. Und es hatte keinen Sinn, sich aufzulehnen, denn die Idee war gut und die Stelle genau die richtige.

Mama war stark. Nichts brachte sie in Verlegenheit. Sie gehörte zu den Menschen, die zu Großem berufen sind, wenn es die Situation erfordert, und die bis dahin an dem Platz im Leben, auf den es sie verschlagen hat, ihre Rolle spielen. Ein bißchen zu perfekt vielleicht. Unangreifbar. Gegen den Vorwurf der Selbstgerechtigkeit gefeit. Weil sie immer im Recht sind. Mit einer unheimlichen Energie, die selten ansteckend wirkt. Öfters niederdrückend. Lähmend.

Mama die Seele unserer Familie zu nennen, würde die Lage nicht vollkommen charakterisieren. Mama war das Hirn, die Galle, die rechte Hand und was sonst noch alles lebenswichtig ist. Mama unterstand auch die Außenpolitik. Sie besorgte die Handwerker. Sie hatte Beziehungen. War Not am Mann, reparierte sie Staubsauger und Abflußrohre selbst. Sie wußte, was einem jeden von uns guttat. Ihre Fürsorge und Liebe waren grenzenlos. Als ich mein Studium begann, las sie abends in meinen Büchern. Um mit mir im Gespräch zu bleiben, wie sie es nannte. Keiner von uns konnte sich vorstellen, ohne Mama diesem Leben gewachsen zu sein.

Hinter der Küche lag das Zimmer meines jüngeren Bruders, mit einem separaten Aufgang vom Hof. Immer, wenn ich mich an meinen Bruder in dieser Zeit zu erinnern versuche, klingen mir seine endlosen Fingerübungen, vermischt mit Küchengeräuschen, im Ohr. Mit etwas größerer Anstrengung bringe ich noch ein blasses, sommersprossiges Jungengesicht zustande. Alles andere bleibt undeutlich, verschwommen, hat keine Kontur hinterlassen. Auch nicht seine unmotivierten Wutausbrüche.

Ich sehe Mama am Küchentisch stehen, mit ihren kräftigen Händen den Kuchenteig kneten und durch die geöffnete Tür die Klavierübungen meines Bruders überwachen. Legato! Wiederholung! Takt! Cis! Ciiisss! Dabei drückte sie die Masse in eine Backform und belegte sie mit Apfelscheiben. Im Küchenschrank stand ein alter Messingwecker, auf dem die tägliche Übungszeit eingestellt war. Hin und wieder schob mein Bruder seinen Kopf durch den Türrahmen, in der Hoffnung, die Zeit könne bereits abgelaufen sein.

Hermann-Michael hat Talent. Und Talent verpflichtet. Sagte Mama. Man gibt ihm eine Chance, und eines Tages wird sein Name um die Welt gehen. Und auch ich habe dazu beitragen dürfen.

Bei Familienfeiern bildeten die kleinen Konzerte meines Bruders Höhepunkte. Mama bewegte sich wie ein Dompteur, der eine besonders gelungene Dressurleistung vorführt. Tante Carola fiel es sichtbar schwer, Beifall zu klatschen. Ihr dürft das nicht krummnehmen. Sagte Mama. Wie bitter muß es sein, wenn es die eigenen Kinder zu nichts gebracht haben.

Solange mein Bruder ein kleiner Junge war, begleitete ihn Mama zu jeder Unterrichtsstunde in die Musikschule. Einmal fand ein Vorspiel statt, und ich mußte Mama vertreten. Die Lehrerin, eine finstere, ehrgeizige Person, nahm meinen Bruder beiseite und flüsterte: Reiß dich zusammen, sonst kannst du was erleben. Dann schob sie ihn in den Saal, wo Lehrer und Eltern versammelt saßen. Mein Bruder kam als vorletzter an die Reihe und – verspielte sich. Die Lehrerin gab uns zum Abschied nicht die Hand.

Hermann-Michael war ein stilles, schüchternes Kind. Aber manchmal warf er sich zu Boden und trommelte mit den Fäusten auf die Erde. Einmal zertrümmerte er Mamas Lieblingsvase und trampelte darauf herum. Mama konsultierte verschiedene Spezialisten, die sich jedesmal als Dummköpfe erwiesen. Sie verlor jedoch nie den Mut. Unbeirrt glaubte sie an das Talent meines Bruders, putzte die Scherben vom Boden, setzte sich an das Klavier und sprach mit ihm das nächste Stück durch.

Als mein Bruder erwachsen wurde, bestand er darauf, die Tür zur Küche geschlossen zu halten. Er baute sogar einen Riegel ein. Obwohl Mama es verbergen wollte, spürten wir doch, wie sehr sie litt. Vom häufigen Weinen waren ihre Augenränder entzündet. Wir warfen Hermann-Michael Undankbarkeit und Grausamkeit vor. Mama war die erste, die ihm verzieh. Einem Künstler, sagte sie, müsse die Möglichkeit geboten werden, sich gänzlich zu versenken.

Später sahen auch wir anderen ein, daß es gut war. Nur so konnten wir Hermann-Michaels Ausscheiden aus der Musikhochschule vor Mama verheimlichen. Irgendwann nämlich begann mein Bruder, an einer neurotischen Verkrampfung der rechten Hand zu leiden. Er brauchte sich nur an ein Klavier zu setzen, und schon befiel eine eigenartige Taubheit seinen Arm. Keiner von uns brachte es über das Herz, Mama die Wahrheit zu sagen.

Öffnete man unsere Wohnungstür, schlug ein

strenger Baldrianduft nach außen. Das kam von unserem Papa.

Die Familie bietet Zuflucht und Schutz. Allein bleibt der Mensch ohne Wärme und Sicherheit. Das sollte auch unser Papa begreifen.

Selbst wenn man seinen eigenen Berichten nicht trauen wollte, sprachen doch die Fakten seines Lebens dafür, daß er einst ein vitaler Bursche gewesen sein mußte. Von Menschen, mit denen man sehr vertrauten Umgang pflegt, bleibt ungerechterweise meistens nur der letzte Eindruck im Gedächtnis. Ich jedenfalls konnte mir Papa nicht als jungen Mann vorstellen, der munter mitgeholfen hatte, die halbe Welt zu zerschlagen. Nie in erster Reihe. Das nicht. Aber doch mittendrin. Danach flink dabei, sie neu zu erbauen. Als ein gesuchter Bündnispartner. Einzelvertrag mit einem volkseigenen Betrieb. Vielleicht wäre alles gut gegangen, hätten sie ihn nicht zur Kur geschickt.

Als Papa von seiner Kur zurückkehrte, stritten sich meine Eltern heftig. Ich glaube, es war eine fremde Frau im Spiel. Ehe es jedoch zu einer Entscheidung kam, erlitt Papa einen Herzinfarkt. Von diesem Augenblick an wurde er aufopferungsvoll von Mama gepflegt.

Tagaus, tagein saß er in seiner Sofaecke im Eßzimmer und löste Kreuzworträtsel. Er bezog eine hübsche Intelligenzrente, und manchmal rechnete er uns mit schlauem Blick vor, wieviel er durch die kurze Zeit, in der er im Besitz seines Einzelvertrages gewesen war, schon verdient hatte und wieviel er verdienen würde, wenn er noch so und so lange lebte. Die Sache hatte nur einen Haken – er durfte nicht wieder gesund werden. Inzwischen gab es nämlich genug Ingenieure und demzufolge keine Einzelverträge mehr. In bestimmten Zeitabständen erhielt Papa Vorladungen vor die Rentenkommission. Dann studierte er populäre medizinische Schriften, um die Symptome seiner Leiden ordentlich beschreiben zu können. Mit großer Befriedigung beobachtete er diese nachträglich tatsächlich an sich.

Für Papa galt eine andere Zeitrechnung. Sein Leben teilte er in „vor meinem Infarkt" und „nach meinem Infarkt". „Nach meinem Infarkt" war er vollauf damit beschäftigt, sein organisches Innenleben auf bedrohliche Anzeichen zu belauschen. Seine alten Bekannten blieben allmählich aus, und ich gestehe nicht ohne schlechtes Gewissen, selbst wir Kinder suchten das Weite, wenn er begann, uns die ungehörigen Ausbuchtungen seines Verdauungstrakts zu erläutern.

Lediglich Mama blieb ein ständig interessierter Gesprächspartner. Wenn er selbst einmal seine Leiden vergaß, sie erwies sich als aufmerksamer Beobachter. Schon ein Stirnrunzeln Papas konnte eine ganze Kette von Anfragen in Gang setzen: Ist dir nicht gut? Du hast doch etwas!? Willst du etwas einnehmen? Vielleicht ist es doch besser, du nimmst deine Tropfen!? Und so weiter.

Papas Anzugtaschen beulten sich von Medizinflaschen und Pillenschachteln. Manchmal lief etwas aus, und daher rührte der durchdringende Geruch, der über unserer Wohnung lag.

Mama kochte für Papa leicht bekömmliche Speisen, achtete darauf, daß er nie ohne Strohhut in die Sonne ging und hielt alle Aufregungen von ihm fern. Mit den Jahren litt Papa an Muskelschwund, und seine Verdauung stagnierte. Mama wurde von allen gelobt. Tante Carola sagte: Dieser Mann hat dich nicht verdient.

Mama war eine Hausfrau von altem Schrot und Korn. Niemals belästigte sie uns, indem sie Hilfeleistungen von uns verlangte. Nie wurde man aus einem Gedankengang gerissen mit der Aufforderung, den Mülleimer hinunterzutragen. Du verwöhnst die Kleine zu sehr, gab Tante Carola zu bedenken. Die Kleine kann ihre Intelligenz besser nutzen. Und solange ich lebe ... Sagte Mama. Die Kleine war ich.

Es gibt ein Foto von mir. Ich bin fünf Jahre alt und stehe auf einem Steinsockel, angetan mit Lederhosen und Sepplhut. Die Haare über den Ohren zu festen Schnecken gedreht. Die Haarnadeln stechen mich in die Ohrmuscheln, und ich fühle mich durch die Maskerade gedemütigt. Aber das Foto zeigt nichts davon. Ein kleines wohlerzogenes Mädchen schaut artig ins Objektiv. Ich bin immer ein liebes Mädchen geblieben. Mein hervorstechendes Merkmal ist Bravheit.

Aber es wäre falsch zu glauben, äußerer Zwang

hätte mein Verhalten bestimmt. Nein. Bravsein wurde mir ein tiefes Bedürfnis. Ich war begierig auf Lob und Anerkennung. Wenn mir Mama über das Haar strich und sagte: Ich weiß, daß ich mich auf dich verlassen kann, durchrieselte mich eine wunderbar angenehme Befriedigung. Alles war so einfach. Man brauchte nur unter allen Umständen das zu tun, was von einem verlangt wurde. Die Ausbrüche meines Bruders erfüllten mich mit Verachtung.

Und von mir wurde nichts Unbilliges verlangt. Eher etwas weniger, als billig gewesen wäre. Ich war eine ordentliche Schülerin. Eine pflichtbewußte Studentin. Mama immer meine Vertraute. Eine Quelle von Bestätigung und Rechtfertigung. Eine Quelle von Glück. Wie hätte Peter mir das je ersetzen können.

Als wir heirateten, war ich schon schwanger. Wir studierten beide und hatten keine Rechte.

Ein lieber Junge. Sagte Mama. Und nahm Peter wie einen eigenen Sohn auf. Aber Peter wollte kein lieber Junge sein. Er hatte nie eine intakte Familie kennengelernt. Seine Mutter lebte mit einem zweiten Mann. Schon zu Beginn des Studiums war er von zu Hause weggezogen.

Zwischen Peter und mir herrschte immer häufiger eine gereizte Stimmung. Stritten wir wegen einer Nichtigkeit, kämpfte Papa mit einem Angina-pectoris-Anfall. Er saß in der Sofaecke und tropfte Nitrangin forte auf seine zitternde Hand. Mama beugte sich über ihn und wischte ihm mit einem Tuch die Schweißtropfen von der Stirn. Sie mischten sich nicht ein. Sie schwiegen nur. Lange. Vorwurfsvoll.

Als Tommi geboren wurde, stand ich mitten in den Diplomprüfungen. Ich weiß nicht, wie ich es ohne Mama geschafft hätte. Die anderen Studentinnen beneideten mich.

Nach dem Studium bekamen wir eine schwervermietbare Wohnung zugewiesen. Die Räume waren verwahrlost, die Fenster undicht, die Toilette eine halbe Treppe tiefer, mit sechs Parteien gemeinsam. Ich konnte mir nicht vorstellen, wie ich dort zurechtkommen sollte. Tommi hätte in eine Krippe gebracht werden müssen. Krankheiten wären nicht ausgeblieben. Ich hatte mich verpflichtet, meine Doktorarbeit in drei Jahren vorzulegen.

Ich glaube, damals liebte ich Peter noch. Aber ich hatte Angst und ließ ihn allein ausziehen. Vorläufig. Erst einmal.

Warte ab, Mädel. Der ist schon ans Futter gewöhnt. Sagte Mama. Aber Peter kam nicht zurück, sondern reichte die Scheidungsklage ein.

Armes Kind. Sagte Mama. Jetzt endlich kann ich dir die Wahrheit sagen. Das war kein Mann für dich. Du kommst mit deiner Doktorarbeit besser voran als er. Das ist der wahre Grund. Das erträgt er nicht. Damit wirst du immer Probleme haben. Der Mann im allgemeinen ist auf seine Bequemlichkeit aus. Und du sitzt da mit deiner störenden Intelligenz. Das überanstrengt ihn und mindert sein Selbstwertgefühl. Aber deswegen kannst du doch dein Licht nicht unter den Scheffel stellen. Du mußt dich eben damit abfinden, allein zu bleiben. Und solange ich lebe ...

Und so lebten wir. Papa, der immer schwächer wurde, mit Klistieren und Schleimsüppchen. Mein Bruder, Hermann-Michael, der tagsüber spazierenging und log, er sei in der Musikhochschule. Ich, der man mangelnde weibliche Ausstrahlung nachredete. Aus Neid. Sagte Mama. Denn ich war die jüngste Abteilungsleiterin.

Ich fand mich damit ab, daß Tommi seine kleinen Probleme mit der Oma löste. Kam ich abends nach Hause und wollte mit ihm spielen, zeigte Mama vorwurfsvoll auf die Uhr. Wie kannst du das Kind vor dem Schlafengehen so erregen! Sie hob Tommi auf den Arm und brachte ihn zum Baden. Ich brauchte mir keine Sorgen zu machen, alles nahm seinen geregelten Gang. Eine Frauenzeitschrift brachte einen ziemlich schmeichelhaften Artikel über mich, in dem auch Mama lobend erwähnt wurde.

Bei uns herrschte wieder Eintracht und Harmonie, und wahrscheinlich wäre es immer so geblieben, hätten wir nicht einen neuen Nachbarn bekommen.

Der Nachbar paßte überhaupt nicht in unsere Gegend. Er war ein schmuddliger Typ mit Bart, fleckigen Hosen und von unbestimmtem Alter.

Niemand wußte genau, wovon er lebte. Es wurde gemunkelt. Arbeitsscheu. Asozial. Mama ließ ein zusätzliches Türschloß einbauen und sagte: Froh können wir sein, wenn es kein Ungeziefer gibt.

Mir war nie zuvor ein derart ungenierter Mann begegnet. Ich fühlte mich zugleich abgestoßen, beunruhigt und begierig. Er vertrat mir den Weg. Ein Geruch von Knoblauch und Haaröl schlug mir entgegen. Er redete auf mich ein. Ein entsetzliches Gemisch aus Plattheiten. Jedoch steckte ein System dahinter. Ich wurde das Gefühl nicht los, er wollte mich demütigen. Aber ich konnte ihn nicht packen. Seine Worte glichen Haken, die sich wohlversteckt in Köder erst nach und nach in mein Fleisch senkten. Ich stand jedesmal da, bieder, verdattert, und fühlte mich als Verlierer. Flüchtete in mein Zimmer, warf mich aufs Bett, verwundert über meine Zustände, denn mein Körper revoltierte, bäumte sich auf, einem unerreichbaren Orgasmus entgegen.

Mit mir gingen merkwürdige Veränderungen vor sich. Ich begann, an einem fatalen Schmerz links neben der unteren Magenhälfte zu leiden. Ein Schmerz, der dem Hunger verwandt schien. In manchen Nachmittagsstunden empfand ich eine derart abgrundtiefe Gleichgültigkeit meiner Arbeit gegenüber, daß ich vorzeitig nach Hause zurückkehren und mich niederlegen mußte. Die Unruhe nagte in meinem Inneren wie eine böse Krankheit.

Einmal war es ganz still in unserer Wohnung. Nur mein Bruder übte hinter der Küche. Ich wußte natürlich, daß es Emil Gilels oder Claudio Arrau waren, die da spielten. Ich befand mich im Zustand einer unerklärlichen Bewußtseinsauflösung. Ein dumpfes Dröhnen erfüllte meinen Kopf. Einem fremden Zwang folgend duschte ich, putzte die Zähne, bürstete meine Haare, zog ein leichtes Kleid an, ging über den Flur und klingelte beim Nachbarn.

Dieser sagte: Na bitte! Legte seinen Arm um meine Schultern und schob mich ins Zimmer. Bläuliche Rauchschwaden hingen in der Luft. Auf dem Bildschirm des Fernsehers hakte gerade der Rechtsaußen dem gegnerischen Mittelverteidiger in die Wade. In der Mitte des Zimmers stand ein großer runder Tisch. Daran saßen im Licht einer nackten Glühlampe Papa und mein Bruder, tranken Bier und spielten mit dem Nachbarn Skat.

Hallo, sagte Papa. Mein Bruder holte einen Holzschemel. Der Nachbar öffnete eine Flasche Bier und schob sie mir hin. Ich drückte mir den Daumennagel in die Kuppe meines linken Zeigefingers. Doch ich erwachte nicht. Es war kein Traum.

Ich trank schnell und viel Bier und folgte nur unkonzentriert der Unterhaltung. Schmerzhaft und wunderbar, wie beim Vorgang einer Geburt, lösten sich die beiden Menschen, die ich schon so lange kannte, erst in diesem Augenblick von mir und traten mir als eigenständige Individuen entgegen.

Plötzlich blickte Papa zur Uhr, erschrak und griff sich an den Hals. Ich beobachtete, wie sich der graue

Leidenszug auf seinem Gesicht rekonstruierte, und dachte, gleich wird er einen Anfall bekommen. Aber er bekam keinen, sondern erhob sich und seufzte: Ich muß jetzt.

Mein Bruder blieb noch bis zum Ende des Fußballspiels. Ich sah durch die Fensterscheiben, wie er leicht gekrümmt mit hochgezogenen Schultern über den Hof lief.

Im Zimmer war es fast dunkel. Der Nachbar hatte das Licht ausgeknipst und rauchte. Ich konnte sein Gesicht nicht erkennen. Es war still. Die Geräusche des Hauses traten hervor. Fernes Klavierspiel.

Wieso gehst du nicht auch, fragte er schließlich, und es hatte nichts Beleidigendes, wie er es sagte.

Ich weiß nicht, antwortete ich. Ich wußte es wirklich nicht. In diesem Moment jedenfalls nicht.

Du bist ganz schön down, oder? sagte der Nachbar.

Da brach in mir ein Damm. Tränen flossen über mein Gesicht. Ich hockte mich auf die Holzdielen, und ein hysterischer Weinkrampf schüttelte mich so heftig, daß ich fast erstickte.

Der Nachbar saß am Tisch und zündete sich eine neue Zigarette an.

So war das nun also. Mit uns fanden tiefe Umwandlungen statt, an denen der Nachbar offensichtlich Schuld trug. Er selbst blieb aber völlig unberührt, wie ein Katalysator, der eine Reaktion in Gang hält, ohne selbst verbraucht zu werden.

Unsere Familie schien auseinanderzubrechen. Wir

konnten einander nicht mehr ertragen. Wir nahmen nicht länger Rücksicht. Mama erfuhr vom Ende der Karriere meines Bruders. Wir schrien einander an. In mir wuchs ein schwerverständlicher dunkler Haß. Gerade in dieser Zeit begann Mama zu kränkeln. Wir, die wir alle Grund zur Dankbarkeit hatten, benahmen uns nahezu gemein. Ich weiß nicht, wie es den anderen erging, von mir muß ich leider sagen, daß ich mit Lust bösartig war. Immer wieder deutete ich an, ich trüge mich mit dem Plan auszuziehen und Tommi mit mir zu nehmen. Siehst du nun, sagte Tante Carola zu Mama, solange sie dich ausnützen können, bist du gut, dann bekommst du einen Tritt.

Voller Hoffnung waren nur die Stunden beim Nachbarn. Dort schmiedeten wir Pläne. Papa würde sich eine Stelle als Pförtner suchen, Hermann-Michael wollte zum Bau, und ich träumte davon, mit dem Nachbarn zu leben.

Zum erstenmal in meinem Leben steigerte ich mich in einen wahren Liebesrausch. Alle peinlichen Eigenschaften des Mannes, seine unreinen Fingernägel, seine unklaren Verhältnisse, schienen mir verzeihbar. Es hätte eines Wortes bedurft, und ich wäre zu ihm gezogen. Aber er sagte es nicht.

Ich weiß nicht, ob er spürte, wie ich Schutz bei ihm suchte. Wahrscheinlich ruhte er so fest in sich, daß er gar nicht begriff, wie sehr uns anderen das Rückgrat gebrochen war. Je mehr ich das Gefühl hatte, er verweigere sich mir, um so leidenschaftlicher hängte ich mich an ihn und um so mehr hatte ich das Gefühl, er verweigere sich. Meine Nervenkrisen kamen immer häufiger.

Ich glaube, den anderen erging es ähnlich. Der Nachbar hatte etwas in Gang gebracht und war nicht bereit, die Konsequenzen daraus zu ziehen und uns zu helfen. Dabei war unsere Krise offensichtlich. Ich versäumte wichtige Sitzungen. Es passierte, daß Papa seine Mütze aufsetzte und darauf bestand, spazierenzugehen, obwohl das Wetter ungünstig war und ein heftiger Wind wehte. Mein Bruder kam mehrmals betrunken nach Hause. Es war ernsthaft zu befürchten, Mama könnte bettlägerig werden. So durfte es nicht weitergehen. Das begriff jeder von uns. Nur der Nachbar merkte nichts. Er hörte kaum hin, wenn wir an seinem runden Tisch saßen und über unsere Zukunft debattierten. Umgekehrt empfanden wir seine Themen, die vom Zahnweh des Großvaters bis zur Tigerzucht in Südindien reichten, als eine Zumutung.

Wer weiß, wie das alles ausgegangen wäre, hätte Mama nicht eine Überraschung vorbereitet. Während wir uns, mit der Welt zerfallen, in fruchtlosem Hader aufrieben, hatte sie gehandelt. Ein Motorboot, ein richtig schnittiges weißes Boot mit einem kräftigen Viertaktmotor lag am Haussee für uns bereit. Mama hatte uns ihren Brillantring, ein altes Familienstück, zum Opfer gebracht.

An einem schönen Augusttag fuhren wir hinaus. Wir waren in vergnügter Stimmung. Zum erstenmal seit langer Zeit herrschte zwischen uns wieder das alte Gefühl der Zusammengehörigkeit. Der gemeinsame Besitz festigte unsere Familienbande, und wir begannen, die Anwesenheit des Nachbarn als störend und aufdringlich zu empfinden. Mama hatte nämlich ihre Abneigung, ja ihren Ekel, niedergekämpft und den Nachbarn eingeladen, an der Bootseinweihung teilzunehmen.

Am Ufer des Haussees stellten wir Papas Klappstuhl in den Schatten einer mächtigen Kastanie. Mama befürchtete, der Fahrtwind würde ihm zu schaffen machen. Papa sagte auch, er ziehe es vor, am Ufer zu bleiben, und es sei ein schönes Plätzchen, an dem er sich wohlbefände wie seit langem nicht. Er wollte uns schon gut im Auge behalten.

Mama betätigte den Anlasser. Hermann-Michael saß am Steuer. Es gab einen kleinen Wortwechsel, weil der Motor nicht gleich ansprang. Obwohl wir durchblicken ließen, es ginge ihn nichts an, öffnete der Nachbar die Klappe über dem Motorraum und drückte auf einen Hebel. Der Motor jaulte, und wir wurden nach hinten gedrückt. Tommi jauchzte. Das Wasser spritzte gegen die Schutzscheibe. Wir zogen eine stolze Bugwelle hinter uns her.

Nachdem wir einige Runden gefahren waren, sagte der Nachbar, er wolle baden. Mama stellte den Motor ab, und wir beobachteten, wie er sich entkleidete. Er setzte sich auf den Rand des Bootes und ließ die Füße ins Wasser hängen. In diesem Augenblick sah ich es.

Das Krokodil näherte sich vom Ufer her. Papa mußte es schon früher entdeckt haben. Ich wollte schreien und den Nachbar warnen, aber meine Kehle war wie zugeschnürt. Als ich mich umdrehte, begegnete ich Mamas Augen und begriff, daß sie das Krokodil auch gesehen hatte. Hermann-Michael saß in verkrampfter Haltung über das Steuer gebeugt. Mama drehte den Zündschlüssel im Schloß, und mein Bruder fuhr langsam im Bogen zum Ufer. Als wir bei Papa ankamen, sahen wir draußen ein großes graubraunes Krokodil davonschwimmen. Der Nachbar war verschwunden.

Seither herrschte bei uns wieder Ordnung. Mama war nicht mehr schonungsbedürftig. Papa verließ kaum noch die Wohnung. Mein Bruder studierte Mathematik. Mama sagte, bei ihr sei seit langem die Überzeugung herangereift, sein wahres Talent liege auf diesem Gebiet, was eine Chance bedeute, in einer Zeit, in der kein Mensch davon träume, ein großer Mathematiker zu werden.

Mir wollten einige Leute eine Krise anhängen. Das gibt es immer, wenn man ein Amt bekleidet. Man darf es nicht auf sich sitzen lassen, denn wer einmal eine Krise erlitt, dem traut man eine nächste zu.

Als geraume Zeit später die Ermittlungen nach dem Verbleib des Nachbarn begannen, konnten wir wenig zur Aufklärung dieses Falles beitragen. Die Meinung unserer Straße kam ziemlich einmütig heraus. Der Mann war allen als ein verdächtiges

Subjekt erschienen, bei dem ein schlimmes Ende nicht überraschte.

Nur Tommi erzählte jedem, der es hören wollte, den Nachbarn habe ein Krokodil gefressen. Aber wer glaubt schon einem Kind.

Die Wahrheit über Schorsch

Als Kind bereitete ich meinen Eltern wenig Ungelegenheiten. Ich wurde oft wegen meiner Bravheit gelobt. Das erfüllte mich stets mit Stolz, und wäre es nach mir gegangen, es hätte so bleiben können. Aber eines Tages wurde mir bewußt, daß ich im Begriff stand, erwachsen zu werden. Das veränderte Verhalten gleichaltriger Jungen und Mädchen, ihre neue Redseligkeit oder ihr vieldeutiges Verstummen, erweckte in mir das Gefühl, ausgeschlossen zu sein. Vor dem Spiegel zog ich nüchtern Bilanz, und das Resultat war vernichtend. Breite Nase, Sommersprossen, gedrungene Gestalt, große Hände, Senkfüße. Wie ich da stand, halb betäubt und voll Abneigung gegen mich selbst, durchfuhr mich zum erstenmal diese schmerzhafte Sehnsucht, die von nun an mein ganzes Leben bestimmen sollte.

Der männliche Teil meiner Umwelt schien erstaunlicherweise meine körperlichen Mängel nicht zu bemerken. Im Gegenteil. Auf der Straße folgten mir eindeutige Blicke. Die Jungen brachen in Pfeifkonzerte aus, wenn sie in Gruppen zusammenstanden. Der Grund hierfür war einfach, aber ich bin erst ziemlich spät darauf gekommen. Ich hatte genau jenen leicht dümmlichen Gesichtsausdruck, der die Männer so sehr ermutigt, der sie später sogar zeitweilig meine wissenschaftlichen Grade vergessen ließ. Natürlich fehlte es mir damals an Erfahrung, um zu begreifen, daß Schönheit die unwesentlichste der weiblichen Waffen ist. Die Aufregung, die ich hervorrief, verwirrte mich und verstärkte meine innere Unsicherheit.

Meine Mutter hingegen analysierte die Lage mit Scharfsinn und kam zu dem Schluß, es sei dringend an der Zeit, sich energisch einzuschalten und meine Erziehung in die Hand zu nehmen. Gründlich und umfassend belehrte sie mich über gewisse Gesetzmäßigkeiten zwischenmenschlicher Beziehungen. Über die unglaubliche Verlogenheit der Männer, die alle lediglich dieses eine wollten, was einer Frau eigentlich gar keinen Spaß mache, worauf sie auch nur aus dummer Neugier hereinfiele und worüber sie sich dann ein Leben lang grämen müsse. Ein Mann nämlich könne unmöglich eine Frau achten, die „das" mitgemacht habe. Um mir dieses Schicksal zu ersparen, geizte sie nicht mit abschreckenden Beispielen, warf mir ein engmaschiges Netz von Verhaltensregeln über, unter denen schon Mütter und Großmütter gelitten hatten. Der kleine Rest zur Schau gestellter äußerer Sicherheit verlor sich gänzlich, und ich begann über meine eigenen Füße zu stolpern.

In dieser entscheidenden Situation kam Schorsch.

Ich liebte alles an ihm: seine Art zu lachen, seine schmeichelnde Stimme, wie er sein braunes Haar aus der Stirn strich, seine etwas gebogene Nase, seine korrekte Kleidung, seine übertriebene Höflichkeit Unbekannten gegenüber, die mir manchmal auch auf die Nerven ging.

Er hätte vielleicht noch fünf Zentimeter größer sein können, aber ich paßte herrlich unter seinen Arm. Ich liebte seine warme Haut, seinen Geruch, seine Haare auf der Brust und seine sehnigen Beine. Ich war glücklich, daß seine linke kleine Fußzehe verkrüppelt war, glücklich über diese winzige Unvollkommenheit. Ich haßte sein unwilliges Verstummen, wenn ich das Gespräch auf seine Frau brachte, und ich versuchte stundenlang vergebens, mir diese Frau vorzustellen. An seine Adresse durfte ich nicht schreiben. Ich durfte ihm überhaupt nie schreiben, was mich sehr kränkte, denn ich hätte für mein Leben gern Briefe geschrieben. Am schlimmsten waren für mich sein Geburtstag und die Weihnachtstage, da ich dann genau wußte, er würde nicht kommen. Manchmal denke ich, daß aus dieser Zeit der Keim für jene dumpfe Traurigkeit stammt, die mich bisweilen wie ein unverständlicher Schmerz überfällt und die sich wie ein luftleerer Raum zwischen mich und die Welt schiebt.

Schorschs Existenz veränderte mein Leben von Grund auf. Ich hatte Freundinnen, denn ich war nicht mehr anders als die anderen. Ich litt unter einer unglücklichen Liebschaft, konnte erzählen und Ratschläge erteilt bekommen. Bruchstück um Bruchstück meines Erlebens gab ich preis, und die Echtheit meines Gefühls muß sich meinen Berichten mitgeteilt, ja ihnen eine bemerkenswerte Glaubwürdigkeit verliehen haben. Selbst die mißtrauischsten Freundinnen, die Schorsch schließlich nie zu Gesicht bekamen, zweifelten nicht. Und wenn ich jetzt, nach zwanzig Jahren, nach J. komme, fragen sie mich: „Hast du mal wieder etwas von Schorsch gehört?"

Schorsch schenkte mir nie etwas, schrieb mir nie, aber er war zärtlich, unendlich zärtlich. Seine Finger glitten über meinen Leib. Er verstand immer, was mir guttat. Unter seinen Händen wurde ich schmiegsam und weich. Zwischen uns herrschte vollkommene Harmonie. Mit einer Mischung von Glück und erschrecktem Staunen erlebte ich, zu welchen Erregtheiten mein Körper fähig war und wie diese neuen Kräfte allmählich von wichtigen Bereichen meines Ichs Besitz ergriffen.

Der erste Wermutstropfen fiel in mein Glück, als mir eines Tages ein Aufklärungsartikel in die Hände geriet. Mich schreckten nicht sosehr die Erläuterungen der moralischen Verworfenheit meines Tuns, als vielmehr die schlimmen Folgen, die angedroht wurden: Haarausfall, Konzentrationsschwäche, Rükkenmarkzersetzung, allgemeine Auflösung der Persönlichkeit. Als mir nach einer Grippe wirklich die Haare ausgingen, begann ich mich ernsthaft zu sorgen und versuchte unter heftigen Qualen, mich von Schorsch zu trennen.

Außerdem hatte Schorsch einen entscheidenden Mangel: Er konnte keine Kinder machen. Kinder gehörten aber zu meinen Vorstellungen von Lebensglück. Das war einer jener Grundsätze, die einem mit der Muttermilch eingeflößt werden und die man nie in Frage stellt. Höchstens dann, wenn alles vorüber ist.

Ich suchte also einen Vater für meine künftigen Kinder. Ich glaube, die meisten jungen Mädchen halten es so, auch wenn sie es sich nicht eingestehen. Instinktiv wissen sie, es kommen eine Menge Schwierigkeiten auf sie zu, und sie brauchen einen geeigneten Partner dafür. Ginge es nur darum, einen Liebhaber zu finden, die Wahl würde oft ganz anders ausfallen.

Als ich den Mann gefunden hatte, versuchte ich, ihm eine gute Frau zu sein, und trennte mich endgültig von Schorsch. Aber es blieb eine Lücke. Obwohl mein Mann mir im Laufe unserer Ehe dreieinhalb Kinder machte, empfand ich nie Ähnliches mit ihm wie einst mit Schorsch. Dabei kann ich nicht behaupten, daß er sich keine Mühe gab. Er grübelte sogar ziemlich viel darüber und kam schließlich zu dem Schluß, mit seiner Anatomie müsse etwas nicht in Ordnung sein. Da ich damals keine Erfahrungen mit anderen Männern hatte, außer mit Schorsch natürlich, konnte ich ihn in dieser Frage nicht beruhigen. Er steigerte sich in einen Minderwertigkeitskomplex hinein, und sein Verhalten mir gegenüber wurde immer unterwürfiger. Ich dagegen kam keinen Augenblick auf die Idee, es könnte an mir liegen, denn ich wußte schließlich, wie es mit Schorsch gewesen war.

Falls jemand meint, es sei eine erstrebenswerte Lage, jeden Wunsch von den Augen abgelesen zu bekommen und mit allen seinen Launen toleriert zu werden, so irrt er sich gewaltig. Der Mensch braucht ein gewisses Maß an Spannung und Reibfläche. Ich fühlte mich jedenfalls entsetzlich verlassen. Manchmal geriet ich in regelrechte Panik, das Leben könne so nichtssagend und leer vorübergehen. Ich stürzte mich in meine Arbeit, und da ich immer noch ein braves Mädchen war, begann ich, Karriere zu machen. Doch langweilte ich mich bald. Erfolg, Macht oder Ansehen, die so vielen Männern um mich als Ersatzbefriedigung ausreichten, taugten für mich nicht. Schreckliche Launen suchten mich heim. Abwechselnd war ich boshaft und niedergeschlagen. Ich quälte meinen Mann, der alles geduldig ertrug und mich dadurch zusätzlich mit Schuldgefühlen belastete. Es ging keinesfalls so weiter. Als sich meine Freundin seiner annahm, willigte ich sofort in die Scheidung ein, traurig und erleichtert zugleich.

Ich war also alleinstehend und hätte mich auf Schorsch besinnen können. Aber ich dachte überhaupt nicht mehr an ihn.

Der Mann, auf den ich jetzt verfiel, unterschied sich ziemlich von meinem ersten. Das hatte etwas

Gesetzmäßiges. Ist nämlich eine Ehe vollkommen zugrunde gerichtet wie meine, so verändert sich auch der bevorzugte Typ.

Hatte sich also der erste gutmütig und nachgiebig gezeigt, geriet ich nun an einen mit Ledermantel und verschließbarem Aktenkoffer, der eine ausgesprochen effektive Art hatte, sich selbst ins rechte Licht zu setzen und andere abzukanzeln.

Meinen Erkenntnissen folgend, gab ich mich vom ersten Moment an sinnlich erregt, bereit, meinen Orgasmus in angemessen kürzester Zeit kundzutun. Leider kam es überhaupt nicht dazu, weil sich dieser Mann unter Leistungsdruck gesetzt fühlte und auf der Stelle impotent wurde. Ich weiß, es ist unzulässig, eine einzelne Erfahrung zu verallgemeinern. Trotzdem behaupte ich, nichts facht die Leidenschaft einer Frau so sehr an wie ein Liebhaber, der sich in ihren Armen als impotent erweist. Ich verliebte mich über alle Maßen.

Er aber war nicht der Typ, der erlittene Schmach auf sich sitzen läßt. Fein dosiert brachte er mir bei, daß ich keine Frau sei, die ein Mann wie er je lieben könne. Am Ende verabschiedete er sich mit dem Hinweis, er wolle sich nun in neuentbrannter Liebe auf seine Frau besinnen.

Es ging mir ziemlich schlecht damals, und ich war nahe dran, eine Männerfeindin zu werden. Erst allmählich konnte ich wieder Gerechtigkeit walten lassen. Männer hatten es auf ihre Art schwer. Ein Mann ohne Erfolg war kein Mann. Eine Frau in der gleichen Lage blieb immerhin eine Frau. Aber wie lange noch? Wie weit würden wir diese Art Emanzipation noch treiben? Alles, was ich an Lebenskraft in die Versorgung meiner drei Kinder investieren mußte, verbuchte die Gesellschaft kurzerhand als mütterlichen Lustgewinn. Daneben wurde es gern gesehen, wenn man möglichst selbst auf ansonsten gleicher Leistungsanforderung bestand. Damit man dazu auch die Gelegenheit bekam, wurden regelmäßig Frauenkonferenzen abgehalten.

Mein nächster Mann war ehrlich. Er versicherte mir, es sei ein großes Entgegenkommen von ihm, sich mit einer Mutter von drei Kindern einzulassen, aber ich würde es schon irgendwie schaffen, ihn nicht mit meinen Sorgen zu belästigen.

Ich schaffte es. Nur war ich jetzt meistens zu müde und schlief dabei ein. Aber diesen Mann störte das nicht. Er ruhte völlig in sich. Es bestand nicht die geringste Gefahr, er könne irgendeinen Komplex bekommen. Ich gestehe, mich faszinierte das zunächst, nach den Erfahrungen, die ich gemacht hatte. Ich glaubte nun, darin zeige sich die wahre Stärke eines Menschen. Aber allmählich fand ich heraus, daß seine Stärke vor allem darin lag, sich für nichts weiter zu interessieren als für die eigene Bequemlichkeit. Die Scheidungsklagen meiner Vorgängerinnen, die mir eines Tages in die Hände fielen, zerstörten mir die letzte Hoffnung, ihn wandeln zu können.

Ich beschloß, mich mit der Lage abzufinden, zumal ich jetzt, wenn ich mich im Spiegel betrachtete, von ähnlich niederdrückenden Gefühlen heimgesucht wurde wie damals in der Jugend. Als säße mir ein dunkler Kloß im Hals, den ich dauernd runterwürgen mußte. Obwohl nach wie vor ständig müde, begann ich, an Schlafstörungen zu leiden. Am schlimmsten war es, wenn er erschlafft neben mir in die Kissen sank und sagte: So, laß uns jetzt schlafen. Ich wußte dann, gleich würde er sich umdrehen und nach wenigen Minuten anheben, leise zu röcheln. In solchen Momenten hatte ich ein Gefühl, als falle ich in einen abgrundtiefen schwarzen Schacht.

Einmal, als ich wieder so allein gelassen dalag und mein ganzer Körper brannte, stand ich auf und ging hinüber ins Wohnzimmer. Im matten Licht, das die Straßenlampen ins Zimmer warfen, stand Schorsch und streckte mir die Arme entgegen. Schorsch, nach zwanzig Jahren, unverändert. Der gleiche Duft, das gleiche spöttische Lächeln. Er flüsterte: Du kommst spät. Du weißt doch, meine Frau... Da wußte ich, es war wirklich Schorsch, und alles würde sein wie früher. Vor Glück begann mein Herz unbändig zu klopfen. Das alte Gefühl der Unabhängigkeit und Stärke strömte in mich zurück.

Um alle Mißverständnisse auszuschließen, ich habe nichts gegen Männer, ich habe lediglich keine Verwendung für sie, und das kann sehr wohl an mir liegen.

Ich bin vollkommen zufrieden mit Schorsch, der

mir verziehen hat und den ich nun nicht wieder verlassen werde. Ich brauchte wirklich keinen Mann. Es ist nur wegen der Leute. Eine Frau in meinem Alter, die keinen Mann vorzeigen kann, wird als wandelnder Mißerfolg eingestuft. Man braucht nur einmal allein spazierenzugehen. Sofort glotzen einen alle mit aufdringlicher Neugier an. Das steht man nicht durch. Es ist wirklich nur wegen der Leute.

Der unangemessene Aufstand des Zahlographen Karl-Egon Kuller

Wenn einer die Möglichkeiten, die wir ihm bieten, wahrnimmt, und wenn wir uns dann mit dem Resultat nicht einverstanden finden, vergessen wir gern, daß da einer lediglich die Möglichkeiten wahrgenommen hat, die wir ihm geboten haben.

Karl-Egon Kuller überquerte den Universitätsvorplatz mit der gleichen zielstrebigen Sicherheit wie stets. Die Steuerung seiner Bewegungsabläufe durch das Kleinhirn verlief längst unabhängig von seinem Gemütszustand. Seine Art zu gehen entsprach in jeder Weise dem Gang eines erfolgreichen fünfundvierzigjährigen Professors für Zahlographie, der das wissenschaftliche Profil seines Landes mitbestimmt.

Man würde ihn nicht verstehen, dachte Professor Kuller. Er hätte es auch nicht verstanden bei anderen. Was er vorhatte, war vollkommen unangemessen. Eine seltsam triumphierende Heiterkeit erfüllte ihn. Zum erstenmal in seinem Leben würde er den Erwartungen, die man in ihn setzte, nicht entsprechen.

Solange er sich erinnern konnte, bereits in früher Jugend, fand er sich mit den schönsten Veranlagungen ausgestattet: anpassungsfähig, einsichtig, phantasiebegabt und stets in dem erforderlichen Maße einsatzbereit.

Während seiner Schulzeit hatte er immer klar erkannt, worauf es ankam. Vor dem Abfassen von Aufsätzen studierte er die Unterrichtshilfen für die Lehrer, um sicher zu sein, was man von ihm lesen wollte. Es gab nie Schwierigkeiten mit ihm. Er war ein angenehmer Schüler. Er lernte leicht und vergaß ebenso schnell, aber es reichte aus, um den Benotungshindernislauf glänzend zu überstehen. Seine Lehrer prophezeiten ihm eine große Zukunft.

Und sie sollten recht behalten.

Um so stärker wog das, was er jetzt vorhatte. In irgendeinem Sinn war es Verrat, das spürte er wohl. Verrat an seinem bisherigen Leben, an den Leuten, die ein Bild von ihm hatten, woran sie ehrlich glaubten, an seinen Mitarbeitern und Schülern, die völlig desorientiert sein würden. Verrat aber auch an seinem Kollegen Hermann Schulze-Pfeiffer, der ihm immer beigestanden hatte, wenn es um wissenschaftsstrategische Entscheidungen von Tragweite ging.

Sie alle konnten ihm vorwerfen, daß er sie in seine persönliche Krise mit hineinzog. Er hätte das mit sich allein im stillen Kämmerchen abmachen müssen, aber genau das konnte er nicht. Er wußte selbst nicht, weshalb das so war. Es kam ihm vor, als hätte er im Laufe seines Lebens eine Unmenge Sprengstoff akkumuliert, der nun zur Explosion drängte.

Professor Kuller setzte mit einem gefühlvollen Fußtritt die Drehtür am Eingang der Universität in Bewegung.

Mit welcher Befangenheit und Hochachtung hatte er dieses ehrwürdige Gebäude zum erstenmal betreten. Dabei gab es auch damals zur Unsicherheit überhaupt keine Veranlassung. Natürlich war das System von Erziehung und Ausbildung nicht so perfekt wie heute. Es war noch hin und wieder eine eigene Entscheidung notwendig gewesen.

Kuller gehörte bald zur Zierde seines Studienjahres. Seine Gabe, im rechten Augenblick zu handeln, veranlaßte ihn, sich immer dann zu Wort zu melden, wenn in einer Lehrveranstaltung alle längst den roten Faden verloren hatten. Er sprach zu dem jeweiligen Dozenten nur den einen schwerwiegenden Satz: „Ihre letzte Schlußfolgerung verstehe ich nicht!“ Damit erweckte er den Eindruck, er habe alle übrigen Schlüsse verstanden. Deshalb wurde er vom Lehrkörper geschätzt, denn er verschaffte sozusagen ein Alibi, wenn es um Verständlichkeit beziehungsweise Unverständlichkeit von Vorlesungen ging. Es gab allerdings auch Dozenten, die Karl-Egon fürchteten. Dabei handelte es sich um solche, die nach seiner Zwischenbemerkung ihre letzte Schlußfolgerung selbst nicht mehr verstanden.

Professor Kuller sah auf die Uhr. Es blieben ihm noch reichlich zehn Minuten Zeit bis zum Beginn seines Vortrages vor der Zahlographischen Gesellschaft. Zu einem unverbindlichen Gespräch mit seinen Kollegen fühlte er sich nicht aufgelegt. Also wählte er nicht die breite Marmortreppe, die direkt zum Auditorium Zahlographicum führte, sondern bog in den linken Seitengang ein, wo ihm der vertraute Geruch nach Bohnerwachs entgegenschlug. Er kam an dem Raum 10068 c vorbei, in dem er als junger Zahlograph seine Tätigkeit begonnen hatte. Jetzt wurde er von der sich immer mehr ausbreitenden zentralen Verwaltung benutzt.

Am damaligen Institut für allgemeine und spezielle Zahlographie empfahl ihm sein Chef, Professor Kneisel, die Lektüre eines frisch auf dem Markt erschienenen Fachbuches und die anschließende Beschäftigung mit der Dissertation, eine Arbeit, die er innerhalb dreier Jahre zur erfolgreichen Erlangung des Doktor rerum naturalium zu führen habe. Damit verabschiedete sich Professor Kneisel für die nächsten drei Jahre von ihm, denn damals war das Zeitalter des wissenschaftlichen Kindergartens noch nicht angebrochen, in dem der Betreuer spätestens nach dem dritten Jahr mit einem verzweifelten Kraftakt die Dissertation für seine Doktoranden selbst schreibt, da er sich sonst wegen schlechter Arbeit mit dem Nachwuchs herber Kritik aussetzt. Nein. Damals vertraute man noch auf die alte und bewährte Autodidaktenmethode. Die Betreuer befanden sich bereits in den Jahren einer friedlichen Resignation, was der Persönlichkeitsentwicklung der ihnen anvertrauten Jugend nicht zum Nachteil gereichte, da deren kühne geistige Höhenflüge nicht durch voreilige Kritik gehindert wurden.

Professor Kuller verweilte am Flurfenster, das auf den Innenhof hinausging. Alles war wie vor Jahren. Das entlaubte Strauchwerk umrandete einen viereckigen, plattenbelegten Platz. Lediglich die weißen Marmorbüsten, für die er sich nie interessiert hatte, durchbrachen das Grau des Nachmittags.

Der Aspirant Karl-Egon Kuller hatte die Lage überdacht und sofort begonnen, das Wesentliche herauszukristallisieren. Das Wesentliche bestand offensichtlich darin, in Dreijahresfrist eine Arbeit vorzulegen, für die zwei positive Gutachten abzusichern waren. Eines dieser Gutachten mußte auf jeden Fall Professor Kneisel erstellen, Walter Friedrich Kneisel, Fachmann für metrische Astralistik. Nach sorgfältigen Erkundungen fiel die Wahl Karl-Egon Kullers, seinen zweiten Gutachter betreffend, auf einen kurz vor der Emeritierung stehenden Gelehrten, der in jungen Jahren ein dreibändiges Kompendium über die angewandte Pyromantik verfaßt hatte und der von ständigen Ängsten gequält wurde, man könnte ihn nicht mehr ernst nehmen.

Nach diesen vorbereitenden geistigen Investitionen setzte sich Karl-Egon Kuller eines Tages an seinen Schreibtisch – in jenen paradiesischen Zeiten gab es hier noch mehr Schreibtische als Wissenschaftler – und fertigte das Deckblatt seiner Dissertation an, indem er den Titel „Über die pyromantische Astralistik" zu Papier brachte. Damit war etwas Grundlegendes geleistet worden, denn der Titel einer wissenschaftlichen Arbeit ist deren wichtigster Teil. Von vielen wissenschaftlichen Werken ist nie mehr als der Titel gelesen worden.

Der zweitwichtigste Teil ist die Danksagung, in der man all denjenigen für ihr förderndes Interesse dankt, bei denen einem daran gelegen ist, deren förderndes Interesse kundzutun.

An dritter Stelle steht unzweifelhaft das Literaturverzeichnis, denn es gibt eigentlich nur zwei objektivierbare Größen, an denen die Bedeutung eines Wissenschaftlers gemessen werden kann: die Anzahl seiner eigenen Publikationen und die Anzahl, in der Arbeiten des Wissenschaftlers im Literaturverzeichnis fremder Publikationen erscheinen. Deshalb achtet jeder Wissenschaftler darauf – gegebenenfalls durch gezielte Hinweise –, daß seine Arbeiten zitiert werden, selbst wenn im Text nicht unmittelbar auf sie Bezug genommen wird. Es ist natürlich schwierig und kostspielig, die zweite Anzahl festzustellen, da man bei optimistischer Grundhaltung die gesamte einschlägige internationale Fachliteratur absuchen müßte. Aber echtem Forscherdrang ist nichts zu teuer.

Professor Kuller schmunzelte, wenn er an die Bedrängnis dachte, in die er damals die beiden von ihm ins Auge gefaßten Gutachter gebracht hatte. Die geschickte Terminologie seines Dissertationsthemas machte es ihnen einerseits unmöglich, sein Anliegen mit der Begründung, sie seien inkompetent, abzulehnen, aber andererseits waren sie es tatsächlich. Von der pyromantischen Astralistik verstanden zu diesem Zeitpunkt weder sie noch sonst irgend jemand in der Welt etwas. Mit dem Niederschreiben dieses Titels war eine ganz neue Richtung der Zahlographie begründet worden.

Die wissenschaftliche Welt dürstet nach fundamental neuen Ansätzen und Richtungen. Heute fand Professor Kuller es nicht mehr verwunderlich, daß mit Zeitverzögerung von etwa drei bis vier Jahren eine stürmische Entwicklung auf dem Gebiet der pyromantischen Astralistik eingesetzt hatte, in der er als Pionier gefeiert wurde. Seine Erfahrungen reichten damals noch nicht aus, um einen derartigen Verlauf der Dinge vorhersagen zu können, und er wandte sich nach der vorfristigen Verteidigung seiner Dissertation – sie erhielt die Bewertung summa cum laude – einem neuen Gebiet zu. Aus heutiger Sicht bereute er diese Entscheidung nicht. Es wäre schwer gewesen, auf einem Gebiet zu bestehen, auf dem man mit einer derartigen Erwartungshaltung konfrontiert wurde.

Professor Kuller stieg die Treppe im Ostflügel des Gebäudes empor.

Sein Aufstieg hatte damals noch auf sich warten lassen. Er hätte nicht allzuoft ein neues Spezialgebiet erfinden können, ohne an seiner Universität in den Ruf zu geraten, unsolide zu sein, denn im eigenen

Haus gilt der Prophet nichts. Er verfolgte die Entwicklung auf zweieinhalb Teildisziplinen der Zahlographie, und man sagte ihm einen sehr breiten Überblick nach. Jedes Jahr verfaßte er ein bis zwei handwerklich saubere Arbeiten, denen höchstens vorzuwerfen war, daß sie nicht gerade im Zentrum der wissenschaftlichen Entwicklung standen. Für die Planung erreichte er genügend Vorlauf, um nur solche Probleme zu konzipieren, deren Lösungen bereits in seinem Schreibtisch lagen. Auf diese Weise kollidierte er nie mit dem System von Forschungsplanung und Abrechnung.

Dr. Kuller stand nicht in dem Verdacht, Karriere machen zu wollen. Es geschah ohne sein Zutun, daß sein Name immer häufiger in den Kaderentwicklungsplänen aller möglichen wissenschaftlichen Organe auftauchte. Er wurde nahezu gedrängt, sich zu habilitieren. Seine Habilschrift, worin er seine Arbeiten der letzten zehn Jahre zusammenfaßte, veröffentlichte er als Buch, über dessen Absatz er sich nicht zu sorgen brauchte, da alle wissenschaftlichen Bibliotheken solche Bücher automatisch kaufen.

In der ersten Etage stockte Professor Kullers Schritt, und ein plötzlicher scharfer Schmerz grub eine senkrechte Falte zwischen seine Augenbrauen. Er hatte vor sich im Gang seinen Kollegen Andreas Großmichel entdeckt, den stellvertretenden Präsidenten der zahlographischen Gesellschaft, der bei dem heutigen Kolloquium den Vorsitz innehatte. Er begriff, es würde entsetzlich weh tun, wenn ein Mann wie Großmichel sich zum Richter über ihn aufschwang. Großmichel, der völlig schamlos Urteile aussprach, die von keiner Sachkenntnis getrübt waren. Großmichel, der immer seine Überzeugung zum Ausdruck gebracht hatte, ihm stünde eine Karriere zu, ohne diesen Anspruch jemals mit seiner eigenen Leistung zu konfrontieren, und der ein lebendes Exempel dafür war, daß eine derartige unerschütterliche Überzeugung manchmal den Weg eines Menschen wesentlicher bestimmte als dessen tatsächlicher Verdienst.

Professor Kuller folgte seinem Kollegen nicht den Gang hinunter, sondern stieg hinauf zur zweiten Etage.

Es waren die Gründerjahre in der Wissenschaft gewesen. Die Anzahl der Hochschulabsolventen explodierte auf Grund prognostischer Euphorie vergangener Jahre, und die Überzeugung, diese Leute könnten in der reinen Grundlagenforschung den geringsten Schaden anrichten, setzte sich allgemein durch. Man erwartete von dem frisch zum Professor berufenen Karl-Egon Kuller, daß er sich mit jungen Mitarbeitern umgab, wobei er mehrere leistungsstarke, produktive Absolventen abbekam, was ihm gänzlich ungerechterweise die lebenslange schwelende Feindschaft einiger Kollegen eintrug. Mit wachsender Mitarbeiterschar vermehrten sich die Publikationen sprungartig, auf denen der Name Kuller als Koautor erschien. Man mußte ihm aber

Gerechtigkeit widerfahren lassen, er hatte die Arbeiten immer gelesen und oft deren Stil verbessert.

Bald waren alle internationalen Fachzeitschriften mit einem Überangebot an eingereichten Arbeiten versehen. Man mußte sich entscheiden, ob man in Zukunft zu denen gehören wollte, deren Arbeiten mit höflichem Bedauern abgelehnt und zurückgesandt wurden, oder zu denen, die selbst Arbeiten mit höflichem Bedauern ablehnten und zurücksandten. Natürlich war nur eine Entscheidung möglich. Er gründete ein neues zahlographisches Journal, und da es ihm gelang, einige Namen von Wissenschaftlern des Auslandes auf die erste Innenseite dieses Journals drucken zu lassen, die auf den ersten Innenseiten jedes zahlographischen Journals der Welt gedruckt wurden, trug er wesentlich zur Stärkung des internationalen Ansehens unserer Wissenschaft bei.

Professor Kuller ging den Seitenflur in der zweiten Etage entlang, an den die Räume der Sektion Foliantologie grenzten. Ob es irgend jemandem auffiele, wenn man diese ganze Wissenschaftsdisziplin einfach einsparen würde, dachte er boshaft. Eine Frage, die man beunruhigend ausdehnen konnte und die zum Glück nur die betroffenen Wissenschaftler selbst sachkundig zu beantworten vermochten, womit jede Gefahr gebannt blieb. An der Anschlagtafel dieser Sektion las er die Ankündigung eines Internationalen Foliantologensymposiums.

Der nächste Internationale Zahlographische Kongreß, der vierte, der unter Kullers Leitung vorbereitet wurde, würde nun entweder ausfallen oder unter einer neuen Tagungsleitung stattfinden. Großmichel, dachte er mit Erbitterung.

Warum organisierten Wissenschaftler Tagungen, da sie doch alle ein gewaltiges Lamento anhoben, wenn es um die Arbeit ging, die damit verbunden war? Kuller konnte diese Frage beantworten.

Einmal neigten Wissenschaftler eines bestimmten Alters dazu, sich ernsthafter wissenschaftlicher Tätigkeit zu entwöhnen, und ergriffen jeden Strohhalm, der sie auch weiter davon abhielt, zumal man in diesem Fall die Arbeit auf seine Mitarbeiter aufteilen konnte, ohne die Ehre teilen zu müssen. Weiterhin kosteten Tagungen Geld, und zwar ziemlich viel Geld. Jeder leitende Wissenschaftler wußte, daß seine Autorität bei seinen bürokratischen Instanzen mit der Summe des Geldes, das er verbrauchte, zunahm. Nicht zuletzt legte der Tagungsleiter die Liste derjenigen fest, die mit Kostenübernahme zu Hauptvorträgen eingeladen wurden. Es blieb nicht aus, daß man nach einiger Zeit selbst mit Kostenübernahme zu Hauptvorträgen eingeladen wurde.

Wenig älter als vierzig Jahre, stand Professor Kuller im Zenit seiner Laufbahn. Es gab in unserem Land keine wissenschaftsleitenden, -lenkenden, -prognostizierenden, -planenden, -koordinierenden, -einschätzenden, -konzipierenden, -kontrollierenden, -organisierenden Kommissionen, Räte, Beiräte, Vorstände, Gruppen, Untergruppen, Expertenrunden, Komitees, Kreise, Arbeitskreise, die auf seine Mitarbeit verzichten wollten.

Er hetzte von einer Sitzung zur anderen, immer bestrebt, die Erwartungen zu erfüllen, die in ihn gesetzt wurden. Die Erkenntnis, man erwartete von ihm gar nichts mehr, höchstens einen Abstieg, traf ihn gänzlich unvorbereitet, während eines offiziellen Essens zu Ehren eines achtzigsten Geburtstages, als ihm beim Anblick des Jubilars das unentrinnbare eigene Altern wie eine Schreckensvision erschien. Von diesem Moment an veränderte sich seine Persönlichkeitsstruktur. Er wurde finster, mißtrauisch, und wenn er allein war, befielen ihn heftige Depressionen.

Als sich sein Zustand immer mehr verschlechterte, vertraute er sich dem Direktor der Universitätsklinik für Psycherei an, mit dem er in mehreren Kommissionen zusammensaß. Dieser hörte ihn ernst und aufmerksam an und riet ihm dann dringend ab, sich in die Behandlung seiner Mitarbeiter und Kollegen zu begeben. Vielmehr empfahl er ihm nachdrücklich, die ganze peinliche Angelegenheit möglichst geheimzuhalten.

Zum erstenmal regte sich in Kuller etwas wie ein Trotzgefühl. Er fehlte auf mehreren Sitzungen, sogar bei einigen, auf denen wesentliche Einschätzungen gegeben wurden. Zuarbeiten zu Prognosen oder Berichten lieferte er unpünktlich und erst nach mehrmaliger Mahnung. Bei Sitzungen, die er selbst zu leiten hatte, ließ er sich vertreten. Ein halbes Jahr später meldete er auf dem Jahreskongreß des Internationalen Instituts für Zahlographie einen Hauptvortrag mit dem Thema „Theorie der überall unstetigen und überall differenzierbaren Funktionen". Diesem Vortrag sah die internationale Fachwelt mit erheblicher Spannung entgegen.

Nach Abschluß der organisatorischen Reisevorbereitungen, als die Anzahl der Kullerschen Feinde um diejenigen gewachsen war, die keinen Platz in der Delegation abbekommen hatten, und nun Kuller den Fehler in seiner Theorie entdeckte, blieb ihm keine Wahl. Jeder, der einmal zu einer internationalen Tagung ins Ausland gefahren ist, würde das bestätigen. Er mußte fahren und den Vortrag zum angekündigten Thema halten. Da in solchen Vorträgen üblicherweise keine Beweise vorgeführt werden, bezweifelte niemand die Resultate, sie fanden im Gegenteil große Beachtung. Er erhielt Einladungen zu zwei weiteren Hauptvorträgen und wurde um eine Übersichtsarbeit für einen Sammelband gebeten.

Nun erfand er bereits munter neue erstaunliche Ergebnisse und verwies wegen der Beweise auf ein unveröffentlichtes Manuskript. Wenn in den verschiedenen Sitzungsgremien die Rede auf die Intensivierung der Wissenschaft kam, deutete Professor Kuller an, er habe dazu einige neuartige und seiner Meinung nach fundamentale Ideen, die er, wenn sie nur ausgereift seien, nicht versäumen werde darzulegen.

Professor Kuller stieg die geschwungene Mitteltreppe hinunter und betrat pünktlich siebzehn Uhr fünfzehn den großen Hörsaal. Er schüttelte den Professoren Großmichel und Schulze-Pfeiffer die Hand, nickte einigen Leuten im Auditorium zu und nahm in der ersten Reihe Platz. Professor Großmichel eröffnete das Kolloquium, begrüßte die Teilnehmer und erteilte seinem geschätzten Kollegen Kuller das Wort zum Thema „Über eine Theorie der Phantaprojektoren". Professor Kuller schritt zur Tafel. Ihn erfüllte eine große Festigkeit. Er wollte mit diesen Phantaprojektoren die verlogene Konstruktion seines Lebens niederreißen. Er wußte nicht, wie es danach weitergehen würde. Auf jeden Fall ganz anders, und das war gut.

Als er sich umdrehte, fiel sein Blick direkt auf Großmichel, dessen Miene Würde und Bedeutsamkeit ausdrückte. Kuller, der keinerlei Konzeption für diesen Vortrag vorbereitet, ja der die Phantaprojektoren überhaupt noch nicht erfunden hatte, spürte, wie er in Stimmung kam. Er begann mit einem kurzen Abriß der Geschichte der Phantaprojektoren, die leider durch einen erstaunlichen Fehler der Wissenschaftsentwicklung völlig zu Unrecht in Vergessenheit geraten seien.

Kuller redete sich mehr und mehr in Begeisterung. Er verschonte selbst die größten Geister der Zahlographie nicht. Die Formeln und geometrischen Gebilde, die er ordentlich mit Kreide anmalte, formierten sich zu immer phantastischeren, völlig sinnlosen Tafelbildern. Hin und wieder hielt er einen Augenblick inne und ließ seinen Blick unter den Zuhörern umherwandern.

Die Situation unterschied sich durch nichts von der üblichen. Da gab es diejenigen, die gelangweilt die Augen geschlossen hielten oder auf Papiere kritzelten und die sich nicht die geringste Mühe machten, Müdigkeit und Desinteresse zu verbergen. Andere hockten, ganz maskenhafte Aufmerksamkeit, auf ihren Sitzen, hatten sichtlich Probleme, die verschiedenen Teile ihres Körpers in geeigneten Lagen zu halten, und sahen in immer kürzer werdenden Abständen verstohlen auf die Uhr. Natürlich fehlten auch die andächtigen Mitschreiber nicht, die gewohnheitsmäßig nichts verstanden. Weiter vorn saßen jene, die hellwach den Vorgängen an der Tafel folgten und denen vom Gesicht abzulesen war, daß sie alles schon vorher gewußt hatten. Zu letzteren gehörte Großmichel, der in regelmäßigen Abständen beifällig nickte.

Als Kuller dieses vertraute Bild in sich aufnahm, befiel ihn eine unbegreifliche innere Erregung. Er steigerte sich. Auf seiner Stirn brach Schweiß aus. Die Sätze, die er bastelte, wurden immer unsinniger. Nichts.

Schließlich machte ihm Großmichel ein Zeichen, und er sah, seine Redezeit war nicht nur abgelaufen, sondern bereits um zehn Minuten überschritten. Erschöpft lehnte er sich an das Rednerpult, das er nicht benutzt hatte.

Die Diskussion. In der Diskussion würden sie mit ihm abrechnen. Wie hatte er bloß nicht an die Diskussion denken können. Kuller klammerte sich an diese Idee.

Professor Großmichel dankte dem verehrten Herrn Kollegen für seine interessanten Ausführungen und forderte zu Fragen oder Bemerkungen auf. Schweigen. Einige der Anwesenden beschäftigten sich intensiv mit der Tischplatte vor sich.

Hermann, appellierte Kuller fassungslos im Inneren an seinen Freund Schulze-Pfeiffer. Hermann! Wenigstens du! Professor Schulze-Pfeiffer ließ die Mine seines Kugelschreibers zurückschnappen und klappte das Heft zu, in das er lediglich das Datum eingetragen hatte.

In diesem Fall erlaube er sich selbst eine Frage zu stellen, ergriff Professor Großmichel erneut das Wort. Er würde gern wissen, ob es Anwendungen der Theorie der Phantaprojektoren gäbe.

Kuller, hochrot im Gesicht, nahm einen letzten großen Anlauf.

Eine Revolution für eine breite Palette von Anwendungsbereichen würde nahe sein. Man nehme beispielsweise die Elektrinotechnik. Indem man alle Schaltungen einfach phantaprojiziere, könnte der Integrationsgrad von Bauelementen potenziert werden. Für die Genchirurgie sei die Phantaprojektionscodierung endlich die richtige zahlographische Modellierung. Von der Physik wolle er gar nicht erst sprechen. Die Lösung der meisten offenen Probleme der Quantenfeldtheorie ergäbe sich als Abfallprodukt.

An dieser Stelle blickte Schulze-Pfeiffer auf, und sein Gesichtsausdruck besagte: Na! Trag mal nicht gar zu dick auf. Dann sah er demonstrativ auf seine Armbanduhr.

Großmichel schloß das Kolloquium mit der Versicherung, man werde in den entscheidenden Gremien umgehend darüber beraten, wie man dieser neuen Richtung möglichst ohne Zeitverzögerung eine ihrer Bedeutung angemessene Förderung zuteil werden lasse.

Als alle übrigen Teilnehmer dieses Kolloquiums längst in Autos, Straßenbahnen oder Bussen die Heimfahrt angetreten hatten, alarmierte der Pförtner der Universität den medizinischen Notdienst. Professor Kuller war einer plötzlichen Herzattacke erlegen und nahm das Geheimnis der wiederentdeckten Phantaprojektoren mit sich ins Grab.

Professor Großmichel erwarb sich große Verdienste um die Abfassung des Nachrufes für Karl-Egon Kuller. Der nächste Internationale zahlographische Kongreß stand ganz im Zeichen der Karl-Egon-Kuller-Ehrung. Die zahlographische Gesellschaft ließ eine Karl-Egon-Kuller-Medaille prägen. Der große Hörsaal, in dem er seinen letzten Vortrag gehalten hatte, erhielt den Namen Karl-Egon-Kuller-Hörsaal. Und anläßlich einer feierlichen Semestereröffnung wurde dort eine bronzene Karl-Egon-Kuller-Büste enthüllt.

Pi

Eigentlich heiße ich ganz anders. Den Namen haben sie mir in meiner alten Schule verpaßt. Wegen dem Vortrag, den ich da gehalten habe. Absolut nichts wußten die. Keine Ahnung, aber die große Klappe. So etwas kann mich ganz schön rasend machen.

In der Sechsten und Siebenten war es am schlimmsten. Die hatten zu nichts Lust. Du brauchtest nur zu sagen, daß dir ein Fach Spaß macht, schon warst du ein Streber. Zugegeben, ein bißchen stimmte das auch. Ich wollte zur EOS. Den anderen war es egal.

Ich gehörte zu den Kleinen. Es gab welche, die wogen fast das Doppelte, und das waren nicht gerade die Klügsten. Ich weiß nicht, ob es da einen Zusammenhang gibt. Auf jeden Fall müssen sich die Kleinen dauernd was ausdenken, um durchzukommen. Wenn ich richtig in Wut gerate, schlage ich zu, da kenne ich mich selbst nicht mehr. Aber das hilft nicht viel, wenn fünf oder sechs Stärkere über dich herfallen. Manchmal war ich ganz schön fertig. Ich meine mit den Nerven. Abends konnte ich nicht einschlafen. Ich hatte oft solche verrückten Vorstellungen. Daß zum Beispiel ein Wolf in der Ecke vom Zimmer sitzt und mir auflauert. Du weißt natürlich, da kann gar keiner sein. Aber nach einer Weile hörst du ihn atmen. Dein Herz klopft wie wild. Du mußt aus dem Bett springen und Licht anschalten. Jetzt schlafe ich immer mit einer Taschenlampe in der Hand.

Mutter ist zweimal in die Schule gegangen und hat sich beschwert. Sie meinte es gut. Wollte sich wohl auch absichern. Damit sie sich nichts vorzuwerfen brauchte, wenn sie mich eines Tages totgeschlagen nach Hause brächten. Mir hat es das Leben nicht eben erleichtert.

Ich sollte mir ein Beispiel an Strudel nehmen. Sagte Mutter. Strudel ist meine Zwillingsschwester. Aber wir sind uns überhaupt nicht ähnlich. Strudel ist ein typisches Mädchen. Wenig eigene Meinung. Keine vernünftigen Interessen. Die kann natürlich nie in Schwierigkeiten kommen. Kunststück. Außerdem war sie ein ziemlich gemeines Biest. Wenn sie gegen mich Stimmung machen konnte, fühlte sie sich ungeheuer. Ihr fiel einfach nichts anderes ein, womit sie sich aufspielen konnte.

Ich bin heilfroh, daß sie die Aufnahmeprüfung für die Ballettschule bestanden hat und ich sie los bin. Da paßt sie verdammt gut hin. Hopserei nach Kommando. Bloß keinen eigenen Kopf machen.

Physik und Chemie waren immer meine große Leidenschaft. Aber entweder gab es Ausfall, weil die Lehrerinnen dauernd Kinder bekamen. Oder die

Disziplin war so schlecht, und es machte keinen Spaß. Die Lehrer sahen auch nicht durch. Sechsunddreißig Schüler in einer Klasse. Fünf solche Klassen parallel. Zehn Klassenstufen und die nächste Schule gleich angebaut. Wer sollte denn da den Überblick behalten.

Wenn ich nur konnte, war ich draußen bei Opa Kümmel. Da hatte ich auch Freunde. Ehrlich. Die redeten dort ganz anders. Ohne solche brutalen Ausdrücke.

Wenn ich da draußen bin, auch heute noch, gehe ich angeln. Ich mache mir nichts aus Fisch. Überhaupt kenne ich niemanden, der sich was aus Fisch macht. Außer Jackie. Das ist der Kater von Opa Kümmel. Man kann also nicht sagen, daß es umwerfend nützlich ist, wenn ich angele. Trotzdem fühle ich mich fabelhaft dabei. Und das war wieder mal so eine Scheißdiskussion, neulich. Erläutern Sie Ihre Definition von sinnvoller Freizeitgestaltung. Immer, wenn sie mir so kommen, denke ich, meine Meinung ist wirklich gefragt und falle prompt rein. Also wenn wir nach Unterrichtsschluß die Schule saubermachen müssen, schließe ich mich nicht aus, denn es geht ja nicht, daß wir völlig verdrecken. Aber sinnvolle Freizeitgestaltung würde ich das nicht nennen. Meine Definition war kurz und bündig: Was mir Spaß macht und niemanden belästigt. Und ich kann nicht behaupten, daß mir Schule reinigen so enormen Spaß macht. Vor allem, wenn fabelhaftes Beißwetter ist.

Unser Stabülehrer wollte mich unbedingt überzeugen, sinnvoll wäre gleich nützlich. Pi, sagte ich mir, das geht gegen dein Angeln, und ich wurde stur. Ich kann stur sein wie ein Panzernashorn. Der Mann war echt unglücklich. Aber ich konnte ihm nicht helfen. Ich dachte daran, wie morgens vor Sonnenaufgang der Himmel rote Ränder bekommt. Das Wasser liegt grün und schwer da. Die Pose steht ganz still. Der Schrei des Bleßhuhns im Schilf klingt wie Metall auf Metall. Andere Geräusche, die von weither kommen. Wie die Gedanken. Seltsame Ideen entstehen da manchmal in mir. Aber das konnte ich doch dem Stabülehrer nicht sagen. Der hätte möglicherweise gefragt, ob es wenigstens nützliche Ideen wären.

Opa Kümmel hat hinterher gesagt, ich sei zwar ein theoretischer Kopf, aber mein gesellschaftswissenschaftlicher Denkstil wäre infantil. Wenn ich nach meiner Definition des Zentimeters gefragt würde, ob ich da etwa meinen kleinen Finger als Bezugssystem nähme. Außerdem wäre ein Unterschied zwischen naturwissenschaftlichen und gesellschaftswissenschaftlichen Definitionen. Letztere hätten es nämlich an sich, wahr oder falsch zu sein. Das sei aber noch lange kein Grund, daß einige Kollegen nie über den Streit um Definitionen hinauskämen.

Opa Kümmel ist selbst so ein ulkiger Gesellschaftswissenschaftler. Er arbeitet nämlich an der Universität. Wenn das Gespräch auf seine Kollegen kommt, wird er immer fürchterlich wütend und vergißt, daß ich davon nichts verstehe. Er legt die Hände auf den Rücken und marschiert mit erstaunlich langen Schritten hin und her. Sein grauer, spitzer Bart sticht waagrecht in die Luft. Irgendwie sieht er dann ganz so aus, wie ich mir das tapfere Schneiderlein vorstelle.

Mit Märchen hatte ich übrigens nie viel im Sinn. Ich mag überhaupt keine Bücher, wo sich einer nur was ausdenkt. Früher brachte Mutter Kinderbücher an. Du merkst gleich, da versucht ein Erwachsener eine kindliche Masche. Ich kann verdammt nicht leiden, wenn man mich nicht ernst nimmt. Wenn du genauer hinsiehst, wissen die Erwachsenen gar nicht so viel. Obwohl sie viel mehr Zeit hatten. In meiner Biologiephase, das ist schon ziemlich lange her, kannte ich fast das ganze Urania Tierreich auswendig. Erst dachte meine Biologielehrerin, ich spinne rum. Später konnte ich mir ausdenken, was ich wollte, ich bekam immer meine Eins. Damals habe ich gemerkt, Wissen ist fast so gut wie starke Muskeln.

Manche Leute werden auf der Strecke ganz schön wütend. Zum Beispiel unser Mathelehrer. Wenn der an der Tafel hängenbleibt, und man will ihm helfen, schreit der einen gleich an: „Sie arroganter Mensch!“ Da kannste nur abschalten. Aber Spaß macht das nicht.

Unserem Physiklehrer müssen wir auch alles erklären. Jedenfalls jetzt. In Mechanik wußte er noch ganz gut Bescheid. Aber in Elektronik ist der über

Röhren nicht hinausgekommen. Wenn wir Schaltungen mit Transistoren aufbauen, läuft er umher wie ein nervöser Buntspecht und sagt dauernd: Macht bloß nichts kaputt.

Opa Kümmel meint, der Physiklehrer muß eine starke Persönlichkeit sein, wenn er zugeben kann, daß er es nicht weiß, und es sich von uns erklären läßt. Wahrscheinlich hat Opa Kümmel recht. So gesehen, sind wir alle starke Persönlichkeiten, denn wir werden dauernd belehrt und müssen das aushalten. Es ist natürlich nicht ganz unangenehm, mal selbst mehr zu wissen. Der Physiklehrer ist sonst ziemlich in Ordnung. Der macht nie Terror. Manchmal ist er zwar mächtig gereizt, aber dann entschuldigt er sich glatt bei uns. Du merkst einfach, er respektiert dich. Trotzdem, irgendwie nachdenklich stimmt es einen doch. Ich meine, das mit den Röhren. Ich kann jedenfalls nicht sagen, daß mich das umwerfend stimuliert, wenn unsere Lehrer noch auf Röhren stehen, wo Transistoren schon fast wieder museumsreif sind. Bertie und ich, wir bauen längst mit integrierten Schaltkreisen.

Und es scheint in der Uni nicht besser zu werden. Jedenfalls glaube ich das jetzt nicht mehr, nach der Führung durch das Anfängerpraktikum. Physik war immer meine große Leidenschaft. Ehrlich. Aber wenn ich mir vorstelle, ich soll als Student erst mal anderthalb Jahre lang nur vorgeschriebene Stecker und Schalter bedienen ... Ich gebe ja zu, für unsere Mädchen ist das wahrscheinlich genau das Richtige.

Aber wenn ich von mir behaupten würde, ich fände diese Aussicht unheimlich begeisternd, wäre das eine glatte Lüge. Berufsorientierung nannte sich die Veranstaltung. Die Folge davon ist, ich weiß nun erst mal nicht mehr, was ich studieren soll.

Aber was ich nicht machen werde, das weiß ich genau: Mathe nicht. Und Lehrer auch nicht. Auf keinen Fall. Ich kann überhaupt nicht leiden, wenn ich zu etwas gezwungen werden soll. Mein Klassenlehrer in der alten Schule hat in meine Bewerbungsunterlagen zur EOS Berufswunsch: Mathelehrer geschrieben. Dann haste mehr Chancen. Bertie sagt, das war gar keine Menschenfreundlichkeit von dem. Der hatte ein Soll. Und ich hatte in der Neunten eine Riesendiskussion am Hals.

Wenn du einmal auf dem falschen Dampfer sitzt, kommst du schwer wieder runter. Sagt Opa Kümmel. Er kennt viele, die auf einem falschen Dampfer sitzen. Manchmal habe ich das Gefühl, er meint auch sich selbst damit. Wundern würde mich das jedenfalls nicht. Ich stelle es mir ziemlich öde vor, den ganzen Tag am Schreibtisch zu sitzen und langweilige Bücher zu verfassen.

Ich stehe auf Naturwissenschaften. Dort interessiert mich alles. Bloß passieren müßte da was. Wenn man nur rausbekommen könnte, auf welchem Gebiet in den nächsten Jahren am meisten los ist. Manchmal halten Leute von der Uni bei uns Vorträge. Wenn du die so glasklar fragst, eiern sie ganz schön rum. Am Ende erklärt jeder sein eigenes

Gebiet für enorm wichtig. Besonders überzeugend ist das nicht. Ich glaube, die sehn da auch nicht richtig durch.

In den Zeitungen stand ziemlich viel über Mikroelektronik. Ob ich da einen Namen kenne. Fragt Opa Kümmel. Er meint, ob ich einen Mikroelektroniker oder einen Wissenschaftler einer anderen Richtung kenne, bei dem ich gern studieren würde. Wie soll ich denn. Mir fehlt doch da der Überblick. Quatsch, Überblick. Sagt Opa Kümmel. Die Namen fehlen. Die man kennt. Auch ohne Überblick.

Vom rein ökonomischen Standpunkt aus betrachtet, lohnt sich Studieren überhaupt nicht. Ich bin jetzt sechzehn. Bleiben noch neun Jahre, bis ich das erste Geld verdiene. Zwei Jahre Schule. Anderthalb Jahre Armee. Fünf Jahre Studium. Und was du dann verdienst, ist nicht gerade üppig. Den Ausfall holst du nie wieder ein. Damit du dir nicht dumm vorkommst, bleibt dir gar nichts weiter übrig, als dir fest vorzunehmen, Geld spielt für dich keine Rolle. Überhaupt nicht. Nie. Aber wenn du das laut sagst, eckst du ganz schön an. Mutter war gleich mächtig beleidigt. Als hätte ich sie persönlich angegriffen. Ich verstehe nicht, warum sie so reagieren. Vielleicht haben sie in ihrem Leben vieles gemacht, nur wegen dem Geld. Ich meine, was sie sonst nicht getan hätten. Oder sie haben Angst, du willst dich ihrem Einfluß entziehen. Wenn du dann mal was brauchst, gleich heißt es: Ich denke, du machst dir nichts aus Geld. Dabei ist meine Mutter noch ziemlich großzügig. Ich kenne welche, die werden von ihren Eltern regelrecht erpreßt. Da können Eltern sein, wie sie wollen, einmal kriegst du es doch um die Ohren, daß du ihnen bis fünfundzwanzig auf der Tasche liegst.

Aber ich habe mich damit abgefunden. Ich könnte mir einfach nicht vorstellen, ich sollte etwas anderes tun. Wenn ich über einem Problem sitze – mir zum Beispiel eine neue Schaltung ausdenke –, vergesse ich alles um mich. Steckt Mutter dann den Kopf zur Tür herein, und ich soll den Mülleimer runterbringen, bin ich absolut sauer. Ich brülle, sie kann mich mal mit ihrem verdammten Mülleimer ... Ich gebe zu, das ist nicht gerade umwerfend freundlich von mir. Aber was soll ich denn machen. Die kapieren so etwas einfach nicht. Auch Mutter nicht. Obwohl sie selbst Ingenieur ist. Sie sagt: Ich kann mir auch nicht aussuchen, wann ich euer Essen koche. Damit hat sie natürlich recht. Manchmal bin ich wirklich unausstehlich. Vor allem, wenn ich Ärger hatte. Das muß einfach aus mir raus. Habe ich aber etwas gebaut und es funktioniert, könnte ich vor Freude an die Decke springen.

Weil das so spannend ist, möchte ich später unbedingt etwas erfinden. Etwas, das es noch nie gab. Dazu mußt du studieren. Sonst kommst du da nicht ran. Deshalb habe ich auch irre Angst gehabt, ich könnte die Aufnahme in die EOS nicht schaffen.

Übrigens soll das ja nun erst mit der elften Klasse beginnen. Komisch, beim Leistungssport fangen sie schon im Kindergarten an. Aber vielleicht sind wir in der Wissenschaft bereits so enorm gut, daß wir die Medaillen auch so schaffen.

Ich sei hinter den Zensuren her, wie der Teufel hinter der Seele. Sagt Opa Kümmel. Der hat zwar viel erlebt, aber alles versteht er eben doch nicht mehr. Es kam schließlich auf jedes Zehntel an. In der Siebenten wäre ich für eine Eins zum Alex und zurück gelaufen. Einfach so. Ohne Sinn. Stellten die anderen etwas an, habe ich mich rausgehalten. Auch wenn sie mir Klassenkeile androhten, denn zu allem Überfluß bin ich einer, der immer erwischt wird. Selbst wenn ich mit einer Sache überhaupt nichts zu tun habe, verzieht sich mein Gesicht, als wäre ich an allem schuld. Ich weiß nicht, woran das liegt. Aber ich kann einfach nichts dagegen tun.

Das war damals so ungefähr die mieseste Zeit, die ich mir vorstellen kann. Das wirst du so schnell nicht los. Noch heute wirft mich eine schlechte Zensur fast um. Dabei ist es jetzt für mich gar nicht mehr wichtig. Die Studienrichtungen, die für mich in Frage kommen, haben sowieso Bewerbermangel.

Zensuren. Was sind schon Zensuren. Du mußt selbst herausfinden, was dir wichtig ist. Ich kenne welche, die sind ihr ganzes Leben nur auf gute Zensuren aus. Das sind vielleicht Scheißtypen. Sagt Opa Kümmel. Ich kenne auch solche. In meiner neuen Klasse. Einfach tot sind die. Überhaupt ist mit uns nicht viel los. Wenn wir uns mal aufschwingen, um etwas gemeinsam zu unternehmen, wird es gleich eine Pflichtveranstaltung, weil Babette das für ihren

Rechenschaftsbericht braucht. Ich kann nicht sagen, daß mich Pflichtveranstaltungen wahnsinnig begeistern. Und weil ich so viel rumgemeckert habe, wollen sie nächstes Jahr mich wählen. Nicht daß ich mich darum reißen würde. Ehrlich. Aber irgendwie ... Kurz, ich werde mir das noch überlegen.

Auf jeden Fall werde ich mit Opa Kümmel darüber reden. Mit dem kann ich wirklich über alles sprechen. Als er jung war, ist er durch die halbe Welt gekommen und hat mindestens drei Dutzend Berufe gehabt. In Deutschland hätten sie ihn in ein Lager gesperrt. Seine Begründungen sind auch nicht so, daß nur Phrasen im Kreis herumgeschaufelt werden. Mit ihm diskutieren ist wie Fechttraining. Ich weiß nicht, ob das verständlich ist. Aber hinterher hast du richtig Lust, seine Argumente an anderen zu erproben.

Mit Mutter ist es unterschiedlich. Es gibt Phasen, da steht sie unter Druck wie ein verstopfter Pfeifkessel. Dann darf man ihr möglichst nicht über den Weg laufen. Das kommt daher, weil sie zuviel über den Sinn des Lebens nachdenkt. Sie will immer etwas Besonderes. Kann sich nicht normal verhalten. In ihrem Betrieb auch nicht. Immer muß sie sich ganz toll für irgend etwas einsetzen. Damit eckt sie dann prompt an. Ich muß doch meinem Leben einen Sinn geben. Sagt Mutter. Damit kann ich nichts anfangen. Natürlich finde ich Typen, die nur auf persönliche Bereicherung aus sind, auch nicht besonders enorm. Aber deshalb braucht man sich doch nicht ständig eine blödsinnige Zielstellung nach der anderen auszudenken, für die man sich unbedingt aufopfern muß. Ich denke, man sollte viel bescheidener sein. Manche Eltern wollen unbedingt ihre Kinder dazu bringen, so zu leben, wie sie selbst gern gelebt hätten. Das könnte ich überhaupt nicht ertragen.

Früher, mit Vater, war es bei uns schöner. Vater hat sich ungeheure Spiele ausgedacht. Wir hatten immer riesigen Spaß miteinander. Ich brauchte keine Angst zu haben, daß wir mit dem Geld nicht reichen. Und Mutter war auch noch nicht so nervös.

Das Schlimmste an der Scheidung war, daß man vorher gar nichts gemerkt hat. Plötzlich tun die feierlich und teilen dir mit, sie haben sich scheiden lassen. Du stehst da wie vor den Kopf geschlagen und denkst, jemand macht einen schlechten Witz mit dir. Allmählich erst begreifst du, es ist gar kein Witz. Und die sind auch noch stolz darauf, wie fein sie das hingekriegt haben.

Macht euch keine Sorgen. Wir sind uns in allem, was euch betrifft, vollkommen einig. Es wird sich für euch nicht viel ändern.

Scheißspiel. Da kannst du nur sehen, daß du rauskommst. Denen wirst du sowieso nie wieder etwas glauben.

Strudel hat es nicht so enorm geschockt. Die hatte eher ein Gefühl wie vor Ostern oder Weihnachten. Aber ich finde es nun mal wahnsinnig deprimierend, wenn andere über mich hinweg beschließen. Ich will wissen, was aus mir wird. Ob ich zum Beispiel mein Zimmer behalten kann. Früher sind wir dauernd umgezogen. Als wir dann endlich die neue, große Wohnung hatten – bums – aus – Scheidung.

Schuld ist nur meine Mutter. Trifft einen Mann, und auf einmal ist an Vater nichts mehr richtig. Und der andere will sie gar nicht. Da hätte sie doch mit Vater zusammenbleiben können. Aber nein. So ist Mutter. Nie kann sie etwas normal sehen. Vater wäre nie auf solche Ideen gekommen.

Jetzt ist er wieder verheiratet. Mutter hat geweint, als sie es erfuhr. Vielleicht tut es ihr leid. Sicher tut es ihr leid. Es muß ihr einfach leid tun. Denn den Mann, mit dem sie sich jetzt zusammengetan hat, den kannst du vergessen.

Hat sich bei uns eingenistet. Verqualmt die Zimmer. Spielt sich auf. Mischt sich in alles ein. Dabei gehen ihn unsere Angelegenheiten überhaupt nichts an, wo er bei uns nicht einmal im Hausbuch eingetragen ist.

Wenn ich nach Hause komme, und der Typ sitzt da vor seinem Bier, seine Schweißfüße hängen durch das halbe Zimmer, möchte ich am liebsten gleich wieder abhauen. Ich begreife bloß nicht, wie sich Mutter mit dem in ein Bett legen kann. Ob sie das zusammen machen? Ich bin kein Spezialist für sexuelle Dinge. Aber ich denke, sie sind dafür zu alt. Zum Glück. Die Vorstellung wäre maximal ekelhaft.

Am Anfang hatte ich meine Strategie. Ich wollte ihn vergraulen, und ich kann behaupten, auf der

Strecke bin ich nicht schlecht. Man muß bloß die Schwachpunkte bei einem rausfinden. Der hat mindestens drei. Am meisten wurmt ihn, daß Mutter sein Chef ist. Der Mensch ist nämlich auch Ingenieur und arbeitet im gleichen Betrieb.

Weiber sind wirklich komisch. In ihrer Arbeit ist sie der große Boß. Hat das Sagen. Verdient das Geld. Und zu Haus räumt sie so einem den Dreck nach. Bei uns ist es ja etwas anderes. Wir sind schließlich ihre Kinder. Aber dieser Mann geht uns doch nichts an. Und wenn ihr dann alles über den Kopf wächst und sie nervös wird, macht der sie noch fertig. Sie erzieht uns schlecht. Sagt er. Und schaut seelenruhig zu, wie sie ungeheuer am Schaffen ist. Wahrscheinlich würde der gern sehen, daß wir ihn auch noch bedienen. Doch da kennt er uns schlecht. Strudel und mich.

Also, ich hatte meine Strategie. Und Strudel war ganz meiner Meinung. Nie vorher waren wir uns so einig. Wir haben ihn einige Male voll erwischt. Erst stellte ich ihm einige knifflige Fragen, bei denen er mächtig ins Schwimmen kam. Dann erkundigte sich Strudel harmlos, ob man viel wissen müsse, um Abteilungsleiter zu werden. Er saß ganz blaß da und versuchte, sich nichts anmerken zu lassen. Aber er war natürlich auf Rache aus. Beim nächsten Minimalanlaß fing er einen Riesenstreit mit uns an. Uns war es recht. Wir wollten ja Streit. Vermutlich gibt es auf der ganzen Welt nicht wieder so einen boshaften Typ. Der ließ vielleicht Dampf ab und setzte sich jedesmal enorm ins Unrecht. Mutter mußte uns einfach zu Hilfe kommen, ob sie wollte oder nicht. Andernfalls hätte sie sich als Mutter disqualifiziert. Dann ging der Streit erst richtig los. Wir konnten uns da raushalten. Blöd bloß, daß Mutter am Ende immer heulte.

Ich soll froh sein, wenn Mutter beschäftigt ist. Sagt Bertie. Sonst hängt sie sich in alles bei dir rein. Und das stehst du nicht durch.

Ich weiß nicht. Früher war es doch schöner. Wenn ich den jetzt in Ruhe lasse, tue ich es nur Mutter zuliebe. Fakt bleibt, ich kann den Menschen nicht ausstehen.

Heiraten werde ich später nicht. Ich möchte gern draußen wohnen in einer Gegend mit kleinen Häusern und Gärten. Wie Opa Kümmel. Ich möchte einen Fleck haben, wo ich richtig zu Hause bin. Wo ich zum Beispiel einen Baum pflanzen kann, und der Baum gehört dann mir. Den darf mir niemand wegnehmen. Ein kleines Haus. Es braucht überhaupt nicht großartig zu sein. Hauptsache, ich kann mir eine Werkstatt einrichten, und niemand mischt sich ein. Ich werde immer irgend etwas erfinden. Und Tiere werde ich haben. Und Pflanzen züchten. Und sonntags gehe ich angeln, wenn es dann noch Seen mit Fischen gibt.

Unser Stabülehrer würde sagen: Ihren Vorstellungen fehlt die gesellschaftliche Komponente. Dabei stimmt das nicht, denn auf dem Weg dahin habe ich es mit ganz gehörigen gesellschaftlichen Komponenten zu tun.

Mutter meint, wenn ich erst in dem kleinen Haus sitze, werde ich entweder ein richtiger Spießbürger sein oder auch anfangen, über den Sinn des Lebens nachzudenken. Sie scheint zu glauben, man kann nur mit unerreichbaren Zielen glücklich sein.

Auf jeden Fall kann ich keine Frau gebrauchen. Die läßt sich scheiden, kriegt das Haus, und ich muß ziehen. So einen Baum kannst du doch auch nicht teilen.

Dann bekommst du aber keine Kinder. Sagt Opa Kümmel.

Kinder hätte ich schon gern. Stell ich mir sogar prima vor. Aber wenn du die dann so richtig liebhast, und sie werden dir weggenommen! Es gibt so etwas. Die Frau von meinem Vater läßt den Vater ihrer Tochter nicht zu seinem Kind. Das darf die. Die bekommt recht. Da ist es schon besser, du hast gar nicht erst Kinder.

Mit Mädchen kann ich sowieso nichts anfangen. Ich glaube, Mutter macht sich einen ziemlichen Kopf deswegen. Neulich sagte sie zu Tante Carola: Der Junge war immer etwas retardiert. Sie dachte wohl, ich hör das nicht. Ich finde es jedenfalls scheußlich, wie sie sich in alles reinhängen. Das ist doch nun wirklich meine Privatangelegenheit.

Bertie zuliebe bin ich mit zur Tanzstunde gegangen, weil der alleine sich nicht traute. Ich kann nur sagen: Quälerei zum Quadrat. Ich habe getan, als machte es mir enormen Spaß, den Clown zu spielen. In Wirklichkeit war ich immer furchtbar wütend.

Manchmal hätte ich die albernen Kichergänse am liebsten der Reihe nach abgeschossen. Peng. Peng. Peng.

Vor allem weiß ich nicht, was ich mit denen reden soll. Reden ist ganz wichtig. Sagt Bertie. Aber worüber ich mich gern unterhalte, Elektronik zum Beispiel, dafür interessieren die sich nicht. Und ich interessiere mich eben nicht für Schlager und das andere dumme Zeug.

Ich bin drauf und dran, ein richtiger Fachidiot zu werden. Sagt Opa Kümmel. Besser als einer, der über alles schwatzt und nichts Genaues weiß. Sage ich. Und Opa Kümmel versteht schon, wie es gemeint ist. Aber dem kannst du alles sagen, ohne daß er beleidigt ist.

Ich würde gern rausziehen zu Opa Kümmel. Platz wäre da genug. Ich kann doch Mutter nicht allein lassen. Die hat ja sonst gar nichts, woran sie sich halten könnte. Mit Strudel ist auch nichts mehr anzufangen, seit sie dauernd mit Liebeskummer herumläuft.

Übrigens ist Opa Kümmel gar nicht unser richtiger Großvater. Er hat Mutter nur adoptiert. Nach dem Krieg. Wo sie in einem Kinderheim war. Aber er ist der beste Großvater, den ich mir wünschen könnte, auch wenn wir selten einer Meinung sind. Der verträgt einfach, wenn ich mal was nicht einsehe.

Das kannst du leider von unserer Deutschlehrerin nicht behaupten. Die weiß schon, bevor sie in unsere Klasse kommt, welche Meinung wir hinterher haben sollen. Ich glaube, die nennt das „Erziehungsziel“. Und dann stellt sie sich noch scheinheilig so, als wäre sie daran interessiert zu erfahren, was wir wirklich denken. Und ich Dummkopf fall auch prompt darauf rein.

Einmal sollten wir unsere wahren Empfindungen während irgendeiner Begebenheit beschreiben: Ich nehme den Appell, wo es so geregnet hat. Eine Hundekälte. Wir haben vielleicht gefroren. Die Hände ganz steif. Und immer wenn der Verantwortliche ans Mikrofon kam und wir aufatmeten und dachten, jetzt geht's los, zählte der nur „Eins“, „Zwei“, „Drei“ und verschwand wieder im Trocknen. Ich habe mich schon mit einer Lungenentzündung gesehen. Tatü. Tata. Blaulicht. Krankenhaus. Sauerstoffmaske. Und so.

Für den Aufsatz habe ich eine Vier bekommen. Überhaupt nicht diskutiert hat die mit mir. Froh sein sollte ich, wenn sie es auf sich beruhen läßt. Solche Miesmacher wie ich wären nämlich nicht gefragt.

Man muß eben rauskriegen, was die von einem hören wollen und sich danach richten. Wir haben da ganz große Asse.

Bertie sagt, unsere Deutschlehrerin hätte es sicher nicht leicht. Seine Tante ist nämlich auch an einer EOS, und die hat dauernd Angst, daß in ihrer Klasse ein Fall entsteht und daß sie dann vielleicht an eine andere Schule versetzt wird. An eine mit sechsunddreißig Schülern pro Klasse, die nicht gerade enorm drauf aus sind, viel zu lernen.

Die Deutschlehrerin ist eine Schnecke. Sagt Opa Kümmel. Und es könne schließlich mal passieren, daß ein Lehrer eine Schnecke ist. Nicht nur in Deutsch. Auch in Mathe. Zum Beispiel. Und da würde ich doch deshalb auch nicht zum Schluß kommen, Mathe sei nur etwas für Schnecken. Ich wollte mir das Leben bequem machen. Deutsch, Stabü und Geschichte erforderten mehr Persönlichkeit als Mathe und Physik. Und wer keine eigene Meinung dazu hat, sei darauf angewiesen nachzureden. Das macht natürlich keinen Spaß. Logisch. Bei meinem Aufsatz hätte ich auch nicht übertrieben nachgedacht. Empfinden würde man schließlich dieses und jenes. Wenn man es aber für wichtig genug halte, um es aufzuschreiben, bekäme das auf einmal einen völlig anderen Stellenwert und könnte ganz schön mißverstanden werden. Daran müßte ich in Zukunft schon einige Gedanken verschwenden. Du mußt immer versuchen, ehrlich und konsistent deine Meinung zu entwickeln. Sagt Opa Kümmel.

Das soll der mir erst mal vormachen. Unsere Aufsatzthemen heißen meistens: Beweisen Sie, daß dieses und jenes so und so ist. Wenn nun meine ehrliche und konsistente Meinung besagt, daß dieses und jenes nicht so und so ist, und ich entwickle das, heißt es, ich habe das Thema verfehlt. Was ja dann auch stimmt.

Die Bücher, die wir lesen müssen, sind so ziemlich das Letzte, was mich interessiert. Die haben mit mir ungefähr so viel zu tun wie ein Ameisenbär mit dem

Siebengestirn. Was soll ich denn mit „Kabale und Liebe“ und solchem hysterischen Zeug.

Bertie sagt, es ist wie mit den Röhren. Die Literatur ist auch längst bei den integrierten Schaltkreisen. Bloß ich merke das nicht. Weil ich nichts lese, ganz im Gegensatz zu ihm. Und deshalb können sie mit Bertie nicht so umspringen wie mit mir. Manchmal habe ich ein Gefühl, als sitze ich irgendwo im Straßengraben, und Bertie marschiert inzwischen munter davon. Ich kann nicht behaupten, daß es ein ungeheuer erhebendes Gefühl ist, sich selber da sitzen zu sehen. Ich ahne schon, worauf das hinausläuft. Zuerst braucht man eine Menge Fakten. So ganz anders als in Bio oder Physik kann es schließlich auch nicht sein. Bloß eines macht mir Sorgen. Was passiert, wenn meine Speicherkapazität nicht ausreicht. Ich meine, wenn mein Gehirn überläuft. Dann Gute Nacht, Pi!

Wenn ich groß bin, werde ich Bergsteiger

I

Ich bin klein. Ich bin so klein, daß nicht einmal sicher ist, ob ich schon „Ich“ denke.

Mein Bruder ist groß. Vater ist am größten. Nach mir sieht niemand, denn ich bin klein.

Vater steht oben auf der Treppe neben meinem Bruder und ruft: Fertig! Los! Mein Bruder springt. Auf der Erde ritzt er mit einem Stöckchen seine Sprungweite ein.

Später sind sie nicht mehr da. Sie sind fortgegangen. Sie haben mir nicht gesagt, wohin sie gehen.

Die Stufen sind warm und riechen nach Stein. Ich schiebe die Knie hinauf, das rechte zuerst, und ziehe den Körper hinterher: Ich springe. Es ist ganz einfach.

Als ich die Augen öffne, liege ich auf dem Sofa. In der Stube sind viele Leute. Mutter weint. Es muß etwas passiert sein.

2

Morgens, wenn sich die Augen blinzelnd an das Licht gewöhnt haben, sehe ich zuerst die Fliegen. Sie tanzen in kurzen halbkreisförmigen Schwüngen um die Troddelschnur der Lampe. Sie beginnen mit kräftigem Anlauf, gleiten und verhalten, als müßten sie sich besinnen, ob sie zum nächsten Schwung ansetzen oder ruhen wollten. Ist es noch dieselbe Fliege oder schon eine andere? Der helle Stoff ist von feinen schwarzen Punkten überzogen.

Draußen summt die Dreschmaschine. Die braune Henne hat ein Ei gelegt. Es ist Sommer.

3

Nachts wickelt mich der Vater in die Wolldecke und trägt mich, Schritt um Schritt mit dem Fuß tastend, die Treppe hinunter. Der Keller riecht nach Äpfeln. Die Nachbarn sind schon da. Wenn sie sich bewegen, flackern unruhige Schatten über die Wände.

Der Keller ist sicher. Er liegt unter dem Felsen. Die Erde rumpelt leise. Eine Frau, die aus Kassel gekommen ist, weint. Ihr fehlt ein Ohr. Die Mutter sieht nach ihren Weckgläsern. Jemand flüstert: Die Fenster sind zu schmal. Niemand paßt hindurch. Höchstens die Kleine.

Höchstens die Kleine, zischt der eisgraue Gnom von der Apfelhorde. Seine grünen Augen funkeln böse. Er hat lange, dünne Spinnenfinger mit messerscharfen Krallen. Wenn er sich fortbewegt, hockt er die Beine an und läuft auf seinen Händen wie auf Hühnerbeinen.

Unverschämtheit, sagt in gehässigem, knarrendem Ton der Nußknacker neben ihm. Man sollte die Kleine ein bißchen knacken. Seine zahnlosen Kiefer klappen auf und zu.

Kratzen, krächzt der Gnom und rollt seinen linken Arm aus wie einen Gartenschlauch. Die Spinnenfinger laufen über das Halbdunkel der Wand auf mich zu.

Ich schreie.

Rücksichtslos, sagt Mutter.

Da merke ich, daß nicht ich schreie, sondern die Frau aus Kassel.

4

Der Mann steht breitbeinig auf dem Misthaufen und spießt mit gleichmäßigen Bewegungen braune Batzen auf. Sie fallen mit einem schmatzenden Geräusch in den Wagen. Der Mist dampft, und der Mann dampft.

Íwan, Íwan, schreie ich und lache.

Zwei weiße Zahnreihen blitzen. Nicht Íwan, sagt der Mann, aber Iwán.

Ich nähere mich und wiederhole: Íwan.

Nein, sagt der Mann, Iwán. Er riecht nach Schweiß und Jauche. Iwán, sagt der Mann, Iwán.

Íwan, Íwan, brülle ich und stampfe mit dem Fuß auf.

Plötzlich gibt er mir eine Ohrfeige. Meine Wange brennt. Der Ekel schnürt mir die Kehle zusammen. Ich atme den Geruch nach Mist von meinem Gesicht. Vor Abscheu und Zorn treten Tränen in meine Augen.

Ein Schatten humpelt die Mauer entlang. Der Schatten gehört dem Vater. Was ist hier los, fragt er. Ich wußte nicht, bis dahin, daß der Vater unterschiedliche Stimmen hat. Ich merke zwar, diese jetzt ist nicht für mich bestimmt. Trotzdem fürchte ich mich. Es ist unheimlich, daß es einen ganz anderen Vater gibt.

Der stinkende Mann fällt förmlich in sich zusammen. Seine Schultern hängen nach vorn, seine Arme baumeln. Zum erstenmal bemerke ich, daß er fast noch ein Junge ist. Nicht viel älter als mein Bruder.

Ich habe mich gestoßen, sage ich. Ich weiß nicht, warum ich das sage. Auch nicht, warum mir die Tränen über das Gesicht laufen. Ich mag es überhaupt nicht, wenn mich einer heulen sieht.

5

Der Junge hat drei Schwestern. Wir sind nicht richtig verwandt. Seine Mutter ist meine Patentante. Deshalb muß sie mir zum Geburtstag etwas schenken. Einen Vater haben sie nicht. Der Vater ist gefallen. Das ist lange her.

Der Junge steht an der Hauswand. Die blassen Mädchen sind irgendwo im Garten. Ich höre sie kichern. Der Junge wendet sich um und macht seinen funkelnden Bogen quer durch die Sonne. Danach dreht er sich wieder zur Mauer und knöpft an seiner Hose.

In diesem Augenblick begreife ich, daß ich ein Mädchen bin, und „Mädchen sein“ bedeutet, sich in demütigender Haltung hinter die Büsche hocken zu müssen. Die Schwestern mit den dünnen, semmelblonden Zöpfen stehen am Zaun und kichern.

Ich spüre, wie sich meine Augen zu schmalen Schlitzen verengen, wie sich der Rücken verspannt und wie die Kastanie aus meiner Hand als glänzendes Geschoß durch die Luft saust. Es ist, als hätte dieser ganze Vorgang mit meinem Willen nicht das geringste zu schaffen.

Der Junge schreit auf. Die Mutter rüttelt mich an den Schultern. Warum hast du das getan? Plötzlich wird sie wütend. Das ist überhaupt kein Mädchen. So etwas ist ja unnormal.

Ich schiebe die Zaunlatte beiseite und krieche in die Kuhle hinter den Weiden. Es riecht nach feuchter

Erde und faulenden Blättern. Wenn sie rufen, klingt es, als wären sie sehr weit entfernt.

Und wenn ich groß bin, werde ich Bergsteiger.

6

Es soll Berge geben, hoch und steil, und noch nie hat der Fuß eines Menschen ihre Gipfel betreten. Oben ist die Luft so dünn, daß nicht einmal Flugzeuge fliegen können. Klettert man in die Höhe, kommt man an eine Grenze, über der kein Baum mehr wächst. Später hört auch das Gestrüpp auf. Dann liegt ewiger Schnee. Von der Spitze kann man auf die ganze Welt hinuntersehn.

7

Augenblicke von endloser Dauer. Die Zeit macht einen Buckel. Sanfte Dämmerung. Bratäpfel.

Ich liege im Bett und bin krank. Mutter sagt, ich bin immer in dieser Jahreszeit krank, und sie will die Großmutter kommen lassen.

Nachts wache ich auf. Vater und Mutter streiten sich im Nebenzimmer. Meistens streiten sie sich nicht. Wenn Mutter etwas sagt, antwortet Vater: Ach Quatsch. Vater ist viel klüger als Mutter. Männer sind viel klüger als Frauen.

Du wirst auch einmal alt, sagt Mutter.

Wenn diese Frau in mein Haus kommt, nicht, antwortet Vater.

Der Schnee knirscht unter den Sohlen der Stiefel. Die Kälte färbt die langen Schatten der Häuser blau. Kleine, steile Rauchwolken stehen über den Schornsteinen des Dorfes. Die Spatzen zanken sich vor der Stalltür.

8

Immer, wenn man mir etwas schenken muß, bekomme ich eine Puppe. Die Zeiten sind so schlecht, und es gibt ja nichts.

Mit der elektrischen Eisenbahn darf ich nur spielen, wenn mein Bruder es erlaubt. Meistens erlaubt er es nicht. Seine Dampfmaschine ist zu gefährlich für mich.

Nehme ich eine von meinen Puppen, werden alle anderen traurig. Deshalb nehme ich keine.

Großmutter schneidet Sternkronen aus Papier. Wir schmücken die alten Puppen damit und setzen sie auf den Schrank. Ein Stern zu sein, ist für eine Puppe sehr ehrenvoll, sagt Großmutter.

Großmutter geht immer so gerade, als hätte sie inwendig einen Besenstiel, und sie riecht nach Seife. Sie bewegt den Mund, auch wenn sie gar nichts sagt.

Wenn Großmutter vorliest, wird sie schnell müde, nimmt die Brille ab und putzt die Gläser.

Vor dem Krieg war alles besser, seufzt Großmutter.

Vater sagt, Großmutter meint einen anderen Krieg.

9

Über dem Stall im Nebengebäude sollen Leute einziehen. Die Leute heißen Ostpreußen. Mutter besprengt die Fußböden mit Wasser, bevor sie kehrt. Mein Vater und mein Bruder tragen Möbel vom Boden herüber. In die Betten legen sie Strohsäcke.

Die Leute haben Glück, daß sie zu uns kommen, sagt Mutter. Sie besitzen gar nichts mehr, nur viele Kinder.

Wahrscheinlich haben sie nie mehr besessen, sagt meine Patentante. Du könntest eine Puppe spendieren, sagt Mutter. Wenn Mutter mit „du könntest" anfängt, heißt das: du mußt. Gestern hat sie gesagt, die Puppen sind alle meine Kinder, und ich bin eine schlechte Mutter.

Vor allem darfst du keine beleidigen, sagt Großmutter. Du glaubst nicht, wie empfindlich Puppen sind.

Wir machen eine Lotterie. Das Los fällt auf die Babypuppe von der Patentante.

Das geht nicht, sagt Mutter und nimmt eine von den Sternen. Am Abend erzählt sie dem Vater, was für ein gutes Mädchen ich bin. Am nächsten Tag erzählt sie es noch vielen Leuten.

10

Vater hat die Fenster ausgehängt und auf den Fußboden gelegt. Ich habe zwei Kleider und meinen Wintermantel an. Der Handwagen ist schwer. Ich schwitze.

Ein Lastauto mit Soldaten hält neben uns an. Die Soldaten erkundigen sich nach dem Weg.

Muß das sein, fragt Großmutter.

Sie sind wohl dagegen, was! zischt ein Soldat. Dabei sieht er aus wie der Gänserich, den Mutter zu Weihnachten geschlachtet hat.

Da lang. Mutter weist mit der Hand den Weg.

So ein Blödsinn, brummt Großmutter beim Weitergehn.

Halt gefälligst den Mund, schnauzt Mutter sie an. Ihr Gesicht ist blaß, und sie hat Schweißtropfen auf der Stirn.

Im Keller der Brauerei sind viele Leute. Mutter schaut auf die Armbanduhr und sagt, ich soll den Mund aufmachen. Nach einer Weile sagt sie, wir können nun wieder gehen.

In den Zimmern liegt alles durcheinander. Das Dach sieht nicht gut aus, sagt Vater. In der Wand zum Schlafzimmer steckt ein Eisensplitter.

Vom Fenster kann ich die Brücke sehn. Sie ist ganz zerquetscht, und das Wasser fließt durch das Geländer.

11

Im Wald blühen die Anemonen und die Himmelschlüssel.

Über den Berg, der „die Not“ heißt, kam eine lange Kolonne grauer Männer. Die Männer waren müde. Sie wurden von anderen Männern in Uniformen durch das Dorf getrieben. Dort, wo die Straße eine Kurve macht, gibt es jetzt im Wald ein Grab. Viel Zeit haben sich die Uniformierten nicht genommen, weder für das Totmachen noch für das Eingraben. Die Leute flüstern, daß sich die Erde noch lange bewegt hat.

Nachts träume ich, zwei Burschen sitzen auf meiner Brust. Sie sitzen einfach da und glotzen mich an. Ich fürchte mich sehr, weil ich ihre Absichten nicht errate. Manchmal glaube ich, ihre Gesichter zu erkennen. Aber sofort verziehen sie sich zu gemeinen Fratzen, und ich merke, daß ich mich geirrt habe. Die Last wird immer schwerer. Ich kann kaum noch atmen.

12

Am Gartenzaun, wo die Leberblümchen blühten und wo man zum Fluß hinuntersehen kann, haben Soldaten ein Loch ausgehoben. Vater sagt, man kann das Loch nun wieder zuschütten. Mutter meint, es sei schade um die Leberblümchen.

13

Im Waschhaus hat Mutter zwei Männer eingeschlossen.

Vater sitzt mit fremden Soldaten in der Diele. Sie essen Brot und Speck und trinken eine Flüssigkeit, die wie Wasser aussieht. Wenn Vater nicht trinken will, werden die Soldaten böse.

Später erschießen sie im Stall ein Schwein und fahren damit weg. Vater liegt im Bett und ist krank.

Russen sind anders, die vertragen sogar Tinte, sagt meine Patentante. In der Dämmerung laufen die beiden Männer aus dem Waschhaus durch den Garten zu den Wiesen.

Abends höre ich die Glocke vom Kirchturm mindestens dreimal schlagen, bevor ich einschlafe.

14

Vater nennt Großmutters Geschichten „Walzen".

Großmutter hat sie so oft erzählt, daß sie genau weiß, wo jedes Wort hingehört. Meistens erzählt sie die Geschichte vom Erbschleicher Oskar, dem Schweinehund. Ich höre am liebsten, wie die Großmutter den Großvater bekam.

Wenn Großmutter zu reden beginnt, steht Vater vom Tisch auf und humpelt im Zimmer hin und her.

Großmutter verstummt und seufzt nach einer

Weile: Ach, wenn mich unser Herrgott doch zu sich nähme.

Vater geht hinaus und schlägt die Tür hinter sich zu.

15

Der Lehrer ist da.

Es ist schlecht, daß sie schon lesen kann, sagt er.

Ich weiß nicht genau, ob sie von mir sprechen.

Ein schwieriges Kind, sagt die Mutter. Die Großmutter, wissen Sie!

Ich laufe zur Friedhofsmauer und warte, bis der Lehrer kommt. Er trägt ein Päckchen unter dem Arm. In dem Päckchen ist ein Brot. Das Brot hat der Lehrer von meiner Mutter.

Der Lehrer lacht, als er mich erkennt, aber er sieht dabei nicht lustig aus.

Der Lehrer ist überhaupt kein richtiger Lehrer, sagt die Mutter am Abend zum Vater.

16

Meine Katze ist niemals unterwürfig. Sie kommt und geht. Ihr Fell duftet nach Abenteuer und Heu.

Eines Tages schleicht die Katze an der Hauswand entlang und sieht aus, als wäre sie von Motten befallen. Kranke Tiere gehören nicht ins Haus, sagt die Mutter.

Dann bleibt die Katze aus.

Die Katze hat es jetzt gut, sagt Großmutter. Sie ist beim lieben Gott. Dem lieben Gott macht es nichts aus, wenn einer auf den Mist geworfen wurde.

17

In der Nähe der Gipfel werden die Berghänge steil. Es gibt gefährliche Abgründe. Schneestürme und Nebel können die Bergsteiger überraschen.

Manche Menschen haben kräftige Muskeln. Sie sprechen laut und mit Nachdruck. Aber auf Berge kommen solche Menschen nie. Es ist unvorstellbar, was sie dort sollten.

Großmutter nehmen wir mit. Wenn es für sie zu beschwerlich ist, wechseln wir uns ab und tragen sie. Großmutter wiegt nicht viel.

Wenn es abends dunkel ist, fürchte ich mich. Manchmal meine ich, Stimmen zu hören, obwohl da überhaupt niemand ist.

Großmutter sagt, das macht nichts. Mutige Menschen hätten auch Angst, und sie glaubt, ich wäre sehr mutig.

18

Mutter legt Birkenscheite nach. Ich sitze auf dem warmen Mauerrand. Im Kessel drehen sich die prallen Würste. Die Mutter schöpft mit einem flachen Löffel das flüssige Fett in einen Steintopf. Ab und zu steche ich in eine Wurst, aus der dann feine Blasen hervorquellen. Es duftet nach Majoran. Der Raum ist voll Dampf und Fett. Die Männer haben rote Gesichter. Gegen Abend trage ich Kannen mit Wurstsuppe ins Dorf.

19

Tauwetter. Schmale Jauchebäche rinnen über den schmutzigen festgetretenen Schnee. Auf dem Fluß treiben Eisschollen. Sie schlagen gegen das Metallgerüst der Brücke. Das Klirren hört man überall im Dorf.

Großmutter ist gestorben.

Mutter weint.

Vater hat schlechte Laune.

Großmutter hat gesagt, wenn sie tot ist, sitzt sie im Himmel und schaut zu mir herunter. Wenn ich groß bin, werde ich Bergsteiger und klettere auf die ganz hohen Berge, auf solche, die tausend Meter hoch sind. Dann kann ich sie im Himmel sitzen sehn.

20

In der Nähe ist eine Grenze. Über diese Grenze kann man nur in der Nacht gehen. Es gibt Leute, die wissen, wo man über die Grenze gehen kann. Sie führen andere Leute. Dafür bekommen sie Geld.

Manchmal bringen sie die anderen um und berauben sie.

Die Patentante ist mit ihren vier Kindern über die Grenze gegangen.

Ob es mir nun nicht leid tut, daß ich nicht netter zu ihnen gewesen bin, fragt mich Mutter.

Sie waren wie die Heuschrecken, sagt sie zu Vater.

Viele Sachen, die der Patentante gehört haben, gehören jetzt uns. Mit den Kleidern von den Mädchen reichst du bis zur Konfirmation, sagt Mutter.

21

Mutter dreht die Leier des Butterfasses. Ich knie auf dem Holzschemel und lausche dem plätschernden Geräusch.

Hoffentlich gibt es kein Gewitter, sagt Mutter und sieht nach dem Himmel. In diesem Augenblick fährt ein Auto in den Hof. Mein Bruder klettert in die Dachbalken, und Mutter stemmt das Faß hinauf. Mutter ist sehr stark.

Nachdem das Auto wieder weggefahren ist, holt Vater meinen Bruder und das Butterfaß aus dem Gebälk.

Die Butter könnt ihr vergessen, sagt Mutter.

Als sie den Deckel öffnet, schwimmen fette Klumpen in der Molke. Sie knetet die weiße Masse, und die Butter quillt durch ihre Finger.

22

Am Mittagstisch legt mein Bruder den Löffel weg und sagt, er habe es satt, Vaters Knecht zu sein. Er ginge in die Stadt.

Mit seinem zerschossenen Bein schafft er es nicht allein, antwortet mein Vater, und überhaupt, was denn mein Bruder glaube, für wen er sich abrackere, wenn nicht für ihn, den Hoferben.

Der Bruder entgegnet, der Vater und der Hof könnten ihn mal.

Da brüllt der Vater meinen Bruder an.

Dann brüllt mein Bruder den Vater an.

Ich gehe in der gleißenden Mittagssonne über den Hof, und es scheint mir, als sehe ich alles zum erstenmal. Den Garten mit der Fliederhecke. Den Stall mit den schwarzen Fensterlöchern. Das Haus mit seinem bröckelnden grauen Putz. Alles um mich hat bisher so selbstverständlich meine Welt gebildet, daß ich es noch nie angesehen habe mit jenem geschärften Blick, der zugleich ein bißchen Abschiednehmen bedeutet.

23

Ich liege am Feldrain. Der Himmel leuchtet wie eine buntgescheckte Kuh. Schwalben sirren hin und her. Die Erde ist warm und rissig. Es duftet nach Quendel und Staub. Auf der anderen Seite des Tales ziehen Ochsen einen Erntewagen zum

Dorf. Jede Viertelstunde schlägt die Kirchturmuhr.

Mein Bruder ist der Hoferbe. Ich bin ein Mädchen. Ein „gutes Mädchen". Nein, kein Mädchen. Ein schwieriges Kind. Man weiß schon, von wem sie das hat. Nicht einmal geweint hat sie, als die Großmutter gestorben ist.

Die Wiesen sind gelb. Die Kühe haben spitze Hintern. Einige sind so schwach, daß sie nicht wieder aufstehen können, wenn sie sich legen. Vater baut Gerüste und hängt die Kühe an die Stalldecke.

Wenn ich groß bin, gehe ich in die Stadt. Großmutter hat gesagt, Berge gibt es überall.

Eine kollektive Leistung

Die Idee stammte von A. B. Vielleicht hatte er sie am Mittagstisch geäußert. Vielleicht auch im Seminar. So genau wußte das später niemand. Exakter gesagt, es brachte später keiner mehr die Sache mit ihm in Verbindung, denn A. B. war einer, der nie etwas bis zum Ende durchstand. Eigentlich sollte er fluktuiert werden. Aber sein Abteilungsleiter bremste das, denn es erwies sich als nützlich, einen Mitarbeiter zu haben, dem man alle störenden Arbeiten übertragen konnte. A. B. kassierte Gewerkschaftsbeiträge. Entwarf Kollektivprogramme. Fungierte als SVK-Bevollmächtigter und Brandschutzobmann. Las Korrekturen. Und entwarf nach Stichpunkten Reiseberichte und Anträge. Das alles hätte zwar sorgfältiger ausgeführt werden können, aber niemand sonst war so bereitwillig wie A. B. Bei ihm durfte man ein schlechtes Gewissen voraussetzen, denn er hatte keine abrechenbaren wissenschaftlichen Leistungen vorzuweisen.

Nicht alle Ideen A. B.s waren so vorzüglich wie die, von der hier die Rede ist. Doktor Cedeh interessierte sich sofort dafür. Doktor Cedeh war fleißig und hartnäckig. Wo andere aufgaben, rundete er ab und schloß Lücken. Nun schien es ihm zum erstenmal zu gelingen, eine eigenständige Entwicklung einzuleiten.

So lautete jedenfalls die Einschätzung Professor E. Effs, dem die Resultate des Doktors Cedeh sehr gelegen kamen, da er gerade einen Übersichtsvortrag für eine internationale Konferenz vorbereitete.

Professor E. Eff bereitete immer gerade einen Übersichtsvortrag für eine internationale Konferenz vor. Er hielt sich nicht mit mühseliger Kleinarbeit auf. Er hatte einen ausgeprägten Sinn für das Höhere. Für das Systematische. Er stellte die Resultate seiner Mitarbeiter und Kollegen in eleganter Weise unter einem einenden Oberprinzip dar. Seine Vorträge zählten stets zu den Höhepunkten der jeweiligen Konferenz. Professor E. Eff beging dabei kein Plagiat. Er nannte immer die Urheber der Originalresultate. Es war nicht seine Schuld, wenn sich allmählich weltweit der Eindruck festigte, ohne ihn wären alle diese Resultate nie zustande gekommen. Es gab Heißsporne, die sich weigerten, dem Professor ihre noch unveröffentlichten Ergebnisse zur Verfügung zu stellen. Natürlich waren das Dummköpfe, denn es galt längst als internationales Markenzeichen, zur Schule von E. Eff zu gehören.

Doktor Cedeh benahm sich nicht derart unverständig. Sein Name wurde von E. Eff zitiert. Die Zuhörer nahmen den Eindruck mit, man müsse auf

Cedehs Ergebnisse gespannt sein. Mehr passierte nicht. Keiner verstand nämlich die Vorträge E. Effs wirklich. Aber das gab man nicht zu.

Professor E. Eff erwies sich nachträglich als dankbar. Er unterbreitete dem wissenschaftlichen Rat den Vorschlag, die Ergebnisse Cedehs als Höchstleistung anzuerkennen.

Im Rat saß auch der stellvertretende Leiter einer Hauptabteilung, G. Hai, der als Repräsentant der Anwendung galt. Der Stellvertretende hatte zwar niemals etwas angewendet, aber er war auf die Frage nach dem volkswirtschaftlichen Nutzen spezialisiert. Doktor Cedeh, der zur Verteidigung vor den Rat geladen war, mußte auf diese erwartete Anfrage hin gestehen, daß eine Erprobung ausstand. Hai erbot sich großzügig, dabei mitzuwirken. Der Vorschlag Professor E. Effs wurde einstweilen zurückgestellt.

Zum Verantwortungsbereich Hais gehörte ein Rechenzentrum, und der stellvertretende Hauptabteilungsleiter dachte an den Programmierer Jotka, der als zuverlässig und erfahren bekannt war. Zuerst erklärte Doktor Cedeh also dem Stellvertretenden die wissenschaftlichen Resultate und die Formeln, was einige Mühe bereitete. Dann übergab Hai die Formeln dem Programmierer Jotka. Da er sich dabei in Kleinigkeiten versehen hatte, entstand ein erheblicher zusätzlicher Rechenaufwand. Ein direkter Kontakt Cedeh – Jotka kam während dieser Arbeiten nicht zustande. Am Ende fanden sich jedoch die Resultate Cedehs auf das schönste bestätigt, und einer Anerkennung als Höchstleistung stand nichts mehr im Weg. Dies geschah nun unter dem Namen Cedeh – Hai. In einer Fußnote des Preprints wurde dem Programmierer Jotka für die sorgfältige Ausführung der Rechenarbeiten gedankt. Diese Bemerkung fehlte später in dem Manuskript, das zur Veröffentlichung vorgesehen war.

Die Arbeit wurde auf Vorschlag Hais bei einer australischen Fachzeitschrift zur Publikation eingereicht. Hai gehörte gemeinsam mit dem Herausgeber dieses Journals, L. M. Nope, einem internationalen wissenschaftlichen Gremium an, und er erinnerte sich eines sehr gemütlichen Abends, den sie beide miteinander verbracht hatten.

L. M. Nope bereitete gerade sein Sabbatjahr vor. Er würde ein Jahr lang in der Welt umherreisen können, wenn er nur die für die Finanzierung notwendigen Einladungen als Gastprofessor zusammenbrachte. Höchste Zeit deshalb, sich bei den Kollegen der internationalen Fachwelt, denen man selbst einmal gefällig gewesen war, in Erinnerung zu bringen. Er wußte, daß Q. R. Este in den Staaten an ähnlichen Problemstellungen arbeitete wie Cedeh, und er schickte ihm das Manuskript mit der Bitte, es für seine Zeitschrift zu begutachten. Im gleichen Brief bot er einen Vortragszyklus für das nächste Herbstsemester an.

Den Autoren Cedeh und Hai bestätigte der Herausgeber Nope den Eingang ihrer Sendung. Über

Annahme des Artikels würde nach Eingang der erforderlichen Gutachten entschieden. Die Gutachter blieben wie üblich anonym.

Doktor Q. R. Este kamen bei der Lektüre des Manuskripts sofort Einfälle, wie man die Darstellung wesentlich verbessern könne. Auch eine Bearbeitung des Englischen war dringend erforderlich. Seinen postgraduierten Assistenten U. V. Wix ließ er einige sehr instruktive Beispiele rechnen. Sie publizierten diese Arbeit unter den Namen Este – Wix in dem Journal „Scientific Life", dessen Herausgeberboard Este angehörte.

L. M. Nope in Australien erhielt mit etwas Zeitverzug eine Einladung an die Flower University mit einem zufriedenstellenden Honorarangebot. Das angeforderte Gutachten verzögerte sich beträchtlich. Es hieß darin: Die Darstellung sei in der vorliegenden Form nicht publikationsreif. Auch fehle eine ausreichende Motivation der Problemstellung. Der Gutachter empfehle eine gründliche Überarbeitung. Außerdem sei eine Einordnung in die neueste Literatur unbedingt notwendig. Dieses Gutachten teilte Nope den Autoren Cedeh – Hai auszugsweise mit.

Cedeh – Hai entschieden, ihr Manuskript nicht zu überarbeiten, sondern zurückzuziehen, da die Resultate durch eine kürzlich in „Scientific Life" erschienene Veröffentlichung überholt waren.

Als A. B. diesen Artikel von Este – Wix las, schien es ihm, als hätte er vor einiger Zeit eine ähnliche Idee gehabt. Wie streng objektiv doch die Entwicklung der Wissenschaft vor sich ging. Eine Idee, für welche die Zeit herangereift sei, breche sich Bahn, unabhängig vom Subjektiven. Äußerte A. B. begeistert gegenüber Z.

Meine zentnerschweren Träume

I
Das Haus

Nebel steigt aus den Niederungen und ein Geruch nach schwelenden Feuern und faulem Laub. Ich gehe hügelaufwärts, dorthin, wo sich das Haus an den Hang duckt. Von einer bestimmten Höhe erblicke ich, wie erwartet, den See mit Ufern aus fahlgelbem Schilf, die sich in der Ferne verlieren. Ein Erpelpaar zieht Bugwellen hinter sich her.

Der Garten ist abgeerntet. Die Erde liegt in schweren braunen Schollen. Im Haus brennen die Lampen. Der Ofen ist geheizt, der Tisch gedeckt, mein Bett bereitet. Ich werde erwartet, als gehörte ich dazu.

Ich weiß auch schon, wie es weitergeht. Es ist immer so weitergegangen. Irgendwann wird mir der Hauswirt die Tüte überreichen. Ohne hineinzusehen wissen alle, was sie enthält. Samen. Diesen Samen hat der Hauswirt selbst gezogen, im Garten am Haus über dem See. Und ich bin also wieder nur Gast.

Es wird von mir erwartet, daß ich irgendwann aufbreche und die Tüte mit mir nehme. Stillschweigend wird vorausgesetzt, daß es ein Stück

Erde gibt, in dem es mir gestattet ist, Sommerblumen auszusäen.

Ich beeile mich zuzustimmen, damit niemand auf die Idee kommt, ich sei unbeheimatet.

2
Der Holzladen

Am Schaufenster bleiben wir stehen und bewundern die Auslagen. Jemand sagt: Wie schön. Reizend, flüstert mein Nebenmann. O ja, stöhnt ein anderer.

Welches Ausmaß an Übereinstimmung. Wenn man es doch gleichfalls so sehen könnte.

Es müßte doch möglich sein, die unförmigen Kerzenständer, die abscheulich kolorierten Holzschnitzereien und diese widerwärtige Spieldose mit den glatzköpfigen Engeln auch schön zu finden.

Ich entschließe mich und stelle fest, es geht. Man braucht sich nur ein bißchen zu bemühen. Wahrlich, ich fange an, mich zu begeistern, und fühle, wie ich verstanden werde. Meine Verzückung steckt an. Dies verpflichtet. Ich erwerbe die Spieldose für einen hohen Preis. Ein Teil der allgemeinen Bewunderung überträgt sich nun auf mich.

3
Der Operationssaal

Ich liege angegurtet auf dem Operationstisch. Grüne Gestalten beschäftigen sich mit mir. Trotz Mundschutz erkenne ich sie alle. Es sind meine Kollegen, die eigentlich keine Ärzte sind. Aber das macht gar nichts.

Der Direktor hält sich im Hintergrund. Von ihm kommen die letzten richtunggebenden Hinweise. Das Ansehen der Klinik ... Hier macht er eine schwerwiegende Pause, damit auch der letzte versteht. Ein Toter auf dem Tisch oder ein Überlebender, der sich hinterher beschwert? Man hat schließlich Erfahrungen mit mir. Der Direktor spricht offen, aber doch so, daß es ihm nicht zum Schaden ausgelegt werden kann. Die Leitung der Operation überträgt er dem Stellvertreter. Jemanden muß man zur Verantwortung ziehen können, wenn danach dennoch gemunkelt wird.

Jeder weiß, daß der Stellvertreter nichts weiß. Aber niemand hat es je ausgesprochen. Jedenfalls nicht offiziell. Auch ich nicht. Wie sollte man das auch beweisen, zumal er selbst seinen Zustand normal findet. Sein Verdienst besteht darin, Wertungen kundzutun, die zur allgemeinen Lage passen. Dazu ist er sehr befähigt, weil sein Bewußtsein durch keinerlei Sachkenntnis getrübt wird. Es steht ernst um dich, sagt er zu mir. Wir werden einen tiefen Schnitt machen müssen. Du hast doch Vertrauen?

Das Messer führt mein blutjunger Assistent. Er befolgt die Anweisungen des Stellvertreters, wenngleich sie seiner besseren Einsicht zuwiderlaufen. Seine Stelle an der Klinik ist noch befristet. Ich selbst habe ihm zur Disziplin geraten.

Hinter meinem Kopf steht der Kollege N. mit seinen Apparaten. Er wird die Anästhesie besorgen. Lange schon bin ich ihm im Wege. Wäre ich unparteiisch, würde ich ihm auch den Vorzug geben. Er ist unansehnlich, aber klug und listig. Versteht sein Handwerk. Es liegt bei ihm, eine kleine Unregelmäßigkeit meines Verstandes herbeizuführen. Wenn ich meine Augäpfel ganz nach oben rolle, begegne ich seinem träumerischen Blick.

In der Operationsschwester erkenne ich die Kollegin L. aus dem Sekretariat. Ich schöpfe Hoffnung. Habe ich nicht manchen vertraulichen Schwatz auf mich genommen. In der Erinnerung hake ich all die kleinen Aufmerksamkeiten ab, zu denen ich mich verpflichtet fühlte. Ich lächle ihr flehend zu. Doch sie schüttelt abweisend den Kopf. Sie ist nur eine technische Kraft. Nicht einbezogen in Entscheidungsprozesse. Wie konnte ich das vergessen.

Wäre es möglich, daß niemand hier Mitleid mit mir hat?

4
Die Hippies

Wieder am Trafalgar Square und immer noch die Tauben. Scheißen Admiral Nelson aufs Haupt und auch dem Kleinen rechts, der sein Leben fürs Vaterland, fürs britische, in Indien ließ. Picken ihre Körner von der ausgestreckten Hand wohlerzogener Middleclass-Kinder, deren situierte Eltern die Wechselpennies für das Vogelfutter achtsam in die Börse streichen. Ich, zugereist aus Preußen, ein bißchen mit Försterliesel durchsetzt, stehe in der blassen Five-o'clock-Sonne, als hätte mich ein Unglück getroffen.

Nichts, wenn man überlegt, kann meine Laune erklären. Alles beim alten. Überhaupt geht mich hier nichts etwas an.

Auch nicht, daß die Hippies fehlen. Das schon gar nicht.

5
Die Konferenz

Noch ist alles unverdächtig. Tatsächlich finde ich den Marktplatz im Planquadrat F 3 direkt am Meer. Händlerinnen halten rosafarbenes Fischfleisch in die Höhe, dem ich die Bezeichnung Lachs zuordne. Aber ich bin nicht sicher. Auch nicht, ob die Felle vom Elch oder vom Rentier stammen. Oder von einem ganz anderen Tier, auf das ich nicht komme. Holzzuber. Multbeeren. Und Früchte, für die es in meiner Sprache keinen Namen gibt. Ich koste das Brot, das die Schiffer über die Ufermauer reichen, aber ich kann nicht entscheiden, ob man es wirklich mit Blut würzt. Darüber streiten sogar die Einheimischen, und ich bin fremd hier. Von der Sprache dieses Landes verstehe ich kein Wort, und es wird auch nicht von mir erwartet.

Ich wende mich nordwärts. Überquere den Senatsplatz in Richtung Universität. Sofort umgibt mich das Durcheinander der internationalen Konferenz. Man macht Kontakte, um zu zeigen, daß man eine gefragte Person ist, die eventuell einigen Einfluß besitzt. Keinesfalls läßt man sich mit jenen Randfiguren, die da verloren herumstehen, in einen Topf werfen. Man zückt seinen Terminkalender, trifft Verabredungen und ist äußerst kreativ, dafür Gründe zu erfinden. Es wäre in jedem Ort der Welt das gleiche, und es besteht nun kein Grund mehr, sich fremd zu fühlen. Schließlich ist man ein alter Hase.

Trotzdem stimmt etwas nicht.

Der Hörsaal ist besetzt, man hat mir eine günstige Zeit zugeteilt. Als ich jedoch einen Blick auf das Manuskript in meiner Hand werfe, entdecke ich dort nur völlig unverständliche Zeichen, aber ich kann mich damit nicht aufhalten, weil inzwischen alle Augen auf mich gerichtet sind. Ich beginne mein Referat und muß feststellen, daß ich meine eigene Sprache nicht mehr verstehe. Dennoch bringe ich den

Vortrag zu Ende und bestreite auch die – wie immer – etwas müde Diskussion.

Natürlich bin ich nun ein wenig beunruhigt. Offenbar ist mein passives Sprachverständnis gestört, während aktiv alles ohne Einbuße weiter funktioniert. Vielleicht sollte ich einen Arzt konsultieren. Es könnte doch Gift im Spiele sein. Oder eine seltene Erkrankung des Zentralnervensystems vorliegen. Auch denke ich daran, meine Botschaft zu informieren. Ich bin nicht sicher, ob so etwas ein besonderes Vorkommnis ist.

Vorerst aber mache ich weiter Kontakte, nehme an Sitzungen von Committees und Boards teil und gewinne allmählich mein Gleichgewicht zurück. Selbst wenn ich nicht mehr verstehe, was ich spreche. Ich kann mich auf mich verlassen. Man kann sich auf mich verlassen.

6
Der Wolf

In der Nachbarwohnung heult ein Wolf. Seit Tagen schon. Man kann es deutlich hören.

Robert sagt, es geht uns nichts an. Dafür gibt es Organe. Aber wir sollten die Balkontür geschlossen halten. Besser ist besser.

Ich möchte gern wissen, wovon sich dieses Tier ernährt. Etwa von gelegentlichen Besuchern? Es ist unklar, ob die Nachbarn noch leben. Wir benutzen Eingänge mit unterschiedlichen Hausnummern.

Früher spielte nebenan manchmal Musik. Danach zu urteilen, handelte es sich um jüngere Leute. Es könnte aber auch ein Sohn oder eine Tochter gewesen sein. Seit dort ein Wolf haust, hört man keine Musik mehr.

Mir sind wirklich die Hände gebunden. Ich kann doch schlecht sieben Treppen hinuntersteigen, um die Hausecke laufen, wieder sieben Treppen emporsteigen, an der fremden Wohnungstür klingeln und sagen: „Guten Tag, wie geht es Ihrem Wolf?"

Es ist sehr gut möglich, daß die Nachbarin anders aussieht, als ich sie mir vorstelle, und ich würde verlegen dastehen. Außerdem könnte die Haustür verschlossen sein. Ich müßte unten klingeln und mein Anliegen über die Sprechanlage erklären.

Eigentlich sollte man das Halten von Raubtieren in Privatwohnungen verbieten. Klare gesetzliche Regelungen wären nötig. Es ist schließlich nicht schön, wenn hinter der Wohnzimmerwand ein Wolf heult und man sich ständig Gedanken machen muß, was nebenan los ist.

7
Die Katze

Ich wohne wieder in der Mokotowska. Dahin gelangt man vom Plac Konstytucji in Richtung Osten oder vom Plac Zbawiciela in Richtung Norden.

Vielleicht stimmt es auch nicht. Beinahe gewinne

ich die Überzeugung, die Straße ist gar nicht die von damals. Auch die Leute sind anders. Mehr wie zu Hause. Da geht ja auch der Genosse M., der das Hausbuch führt, vor mir über den Parkplatz. Ich bin also nicht im Ausland. Niemals in das Flugzeug gestiegen. Auch der Koffer wurde nicht gepackt. Allerdings die Katze, die mich an der Wohnungstür begrüßt, die ist die alte. Ich bin ziemlich vertraut mit ihr gewesen, da ich zurückgezogen lebte und wenig Gesellschaft hatte.

Nun springt sie wieder auf meinem Schreibtisch umher, verspielt, sensibel und sehr intellektuell. Unabhängig, der Dressur nicht zugänglich, fast ein wenig spröde. Drängt sich dann zärtlich an meine Beine. Aber nur aus eigenem Entschluß. Verlangt schließlich energisch, hinausgelassen zu werden, ohne über ihre Absichten Rechenschaft abzulegen. Wie ich mit dem Blick ihren Weg die Treppe hinunter verfolge, kann ich ein kleines Bedauern nicht unterdrücken, obwohl ich ziemlich sicher bin, sie wird zurückkehren.

Von der Gefahr haben wir beide, die Katze und ich, gleichermaßen naiv, nichts geahnt. Plötzlich sind sie da. Von irgendwoher ohne Vorwarnung. Zwei große dunkle Hunde. Später kann ich nicht sagen, ob eine Wohnungstür geöffnet wurde oder ob sie von der Straße eingedrungen sind. Eine Bulldogge, dumm, aggressiv, manipulierbar. Und ein nicht unintelligenter Schäferhund, abgerichtet, über Ruhe und Ordnung zu wachen. Ein furchtbarer Radau.

Kläffen. Fauchen. Gekreisch von Leuten, die über die Korridore herbeieilen. Ein wildes Knäuel aus Leibern wälzt sich die Stufen hinunter. Ich mittendrin.

Irgendwann stehe ich wieder in meinem Zimmer, ein blutiges Bündel im Arm, mit schmerzender Hand. Von einem Katzenbiß. Sie hat sich zuletzt noch geirrt.

Ich bin zornig. Ich werde den Vorfall nicht auf sich beruhen lassen. Es gibt Zeugen. Man kann etwas tun.

Da klopft es an meine Tür. Zwei Herren. Vielleicht sind es auch drei. Sie führen die Hunde, die jetzt einen Maulkorb tragen. Sie entschuldigen sich. Das Geschehene sei bedauerlich. Ein Mißverständnis. Es kommt nicht wieder vor. Sogar die Hunde sehen irgendwie betreten aus.

Ich bin erleichtert und beschämt zugleich. Wie konnte ich sofort solcher heftigen Gemütsbewegung anheimfallen. Das macht doch nichts, sage ich. Fast bitte ich um Verzeihung.

Als die Männer gegangen sind, kann ich mich an ihre Gesichter nicht erinnern. Zu meinem Erstaunen will es mir jetzt so scheinen, als hätten sie überhaupt keine Gesichter gehabt. Aber es gibt sie doch. Sie führen Hunde an der Leine und können sich jederzeit ihrer bedienen.

Liriodendron tulipifera

Trügerisch stieg die Dämmerung an den Hauswänden empor. Die Schatten krochen aus den Winkeln. Mit der Dunkelheit kam die Angst. Die Angst näherte sich geduckt, schleichend, bohrte ihren spitzen Finger in die Gegend zwischen Leber und Magen, umkrallte dann mit kundigem Griff weiter oben die Speiseröhre und sprang mit einem Satz in den Nacken. Jäher Schüttelfrost fuhr über den Rücken, erfaßte die Gesäßmuskeln, die Gliedmaßen und die Kinnlade.

Ich? Was bedeutete: Ich? Wann hatte es angefangen? Mit dem Schnitt durch die Nabelschnur? Irgendwann später? Oder reichten die Wurzeln tiefer hinab? Durch Generationen hindurch?

Einmal, Ruth wußte nicht mehr genau in welchem Jahr, ruderten sie den ganzen Nachmittag und ein Stück vom Abend. Es dämmerte bereits und roch nach Herbst. Der Vogel hatte einen gebogenen Hals und sah in schwer beschreibbarer Weise fremdartig aus. Er strich über die dunkle Wand des Erlengehölzes davon. Die Zeit hing an ihm wie eine Kette.

Hinter der Zeit die Vorzeit. Und die Vorzeit der Vorzeit. Und so fort. Ohne Ende.

An ihr, Ruth, hing nichts. Jedenfalls spürte sie nichts. Da war nie etwas gewesen. Sie selbst war Anfang und Ende. Irgendwo hineingeworfen. Eingeschlossen in eine Schale, die sich unaufhörlich zusammenzog.

Sie lag auf dem Rücken. Ihre Hände drückten in die Zwerchfellgegend und kontrollierten den Atemrhythmus. Entspannen. Tief durchatmen. Versuchen, es in Gedanken zu fassen. Klarheit zu gewinnen.

Gut, man war verurteilt. Aber man war es von Anfang an. Man wurde bereits damit geboren. Man wußte es. Sie wußte es spätestens seit jener Nachtwache. Noch neu in der Klinik, hatte sie niemanden sterben gesehen bis dahin. Gegen Morgen setzte ein mörderischer Schluckauf ein. Man hörte das Würgen bis auf den Flur. Die übrigen Patienten waren sehr unruhig.

Entspannen. Tief durchatmen.

Das Zimmer. Der gelbe Schein der Lampe. Ihre Bücher. Der Mann, der Herr Groll hieß, der nichts von ihrer Angst wußte, der von solcher Angst nichts verstand, den ihre Angst nichts anging.

Dieser Groll saß lässig im Drehsessel und blätterte in einem Heft mit bunten Abbildungen. Ergötzte sich an lächerlichen kolorierten Bildchen. Begann laut vorzulesen: Liriodendron tulipifera. Tulpenbaum.

In der Tertiär- und Kreidezeit war dieser schöne, großkronige Baum auch bei uns weit verbreitet, las Groll.

Entspannen, locker machen, tief durchatmen, dachte Ruth.

Heute ist sein Wildvorkommen auf die südlichsten Täler des Allegheny-Gebirges und auf die Gegend vom Mississippital beschränkt, fuhr Groll fort. In seiner Heimat wird er fünfzig bis sechzig Meter hoch, erreicht einen Durchmesser von vier Metern und ein Alter von fünfhundert bis siebenhundert Jahren, las Groll.

Ruth fühlte sich sehr erschöpft. Das Medikament begann zu wirken. Die Worte schwammen auseinander. Sinnsplitter, die sich entzogen. Sie versank.

Als sie erwachte, versprühte die Sonne am Vorhangspalt in bunte Muster. Ruths Arm war unter der Last des Mannes gefühllos geworden. Schweißtropfen fielen von seinen Schultern auf ihre Brüste.

Es wird ein guter Tag, dachte sie. Fieberfrei. Sie würde es merken, wenn das Fieber einsetzte. Irgendwann im Mai. Oder im Juni. Nein, im Mai.

Die Analysen. Wieviel Willenskraft es kostete, die Analysen nicht ein drittes Mal zu wiederholen. Das war wohl normal. Trotzdem hatte sie es nicht erwartet. Von sich nicht, weil sie wußte, wie einer reagierte.

Sie könnten meine Tochter sein, hatte damals der Mann gesagt und die Manschetten seines Hemdes zugeknöpft. Er starrte sie mit forschen blauen Augen an und erinnerte aus irgendeinem Grund an Hans Albers. Ich bin im Krieg gewesen, wissen Sie, ich halt was aus. Bloß diese Ungewißheit, die macht mich fertig.

Sie hatten ihn aus der Klinik entlassen. Die Befunde waren eindeutig. Ruth sagte es ihm schließlich.

Den Rest seines Lebens beschäftigte sich der Mann mit Eingaben, und da dieser Rest länger dauerte, als es ihre medizinische Prognose vorsah, hatte sie eine Menge Ärger gehabt.

Nun sie selbst. In einem ersten Panikanfall war sie zu Justinus gefahren. Warum? Was erhoffte sie? Daß etwas aufbräche? Daß sie an irgend etwas anknüpfen könnten, was es doch einmal gegeben haben mußte, lange bevor sich diese furchtbare Beziehungslosigkeit zwischen ihnen breitmachte, gegen die sie wehrlos war.

Justinus wurde „Herr Chefarzt" angeredet. Sie sah ihn über die Korridore gehen, elegant, distanziert. Er war freundlich und taktvoll. Sie sprachen darüber, als handle es sich um eine Dritte. Wie sie sonst sprachen, wenn sie über so etwas sprechen mußten. Fast schon Routine. Als könnte man danach zur Tagesordnung übergehen. Nur sie selbst jetzt auf der anderen Seite. Sie, die alles durchschaute und für die sich die Bedeutung der Worte gewandelt hatte.

Also Mai, dachte Ruth. Sie würde nach dem Süden fahren. Dorthin, wo sie alles mit Kindheitsbildern verband. Die Dachkammer öffnen, aus der ihr eine Luft entgegenschlüge, wie sie in Räumen entstand, die lange unbewohnt waren. Die Uhr mit dem imitierten Marmorsockel aufziehen und warten. Warten, wie die Großmutter zuletzt gewartet hatte.

Einmal im Monat bekam die Großmutter Besuch. Donnerstags. Immer donnerstags. Montags buk die Großmutter Aschkuchen. Die alten Frauen mümmelten beim Kauen wie hungrige Kaninchen. Die Haut an ihren Händen schimmerte wie Pergamentpapier. Sie tätschelten Ruths Gesicht, wenn diese nicht aufpaßte. Später buk die Großmutter keine Aschkuchen mehr. Solange sie laufen konnte, nahm sie an allen Beerdigungen teil.

Ein herber Geruch nach Maikäfern wehte durch den Raum. Traumhaft. Fließend. Wie eine sehr ferne Erinnerung. Groll stöhnte leise an der Grenze zum Wachsein.

Ruth ging eine breite asphaltierte Straße entlang. Die Luft flimmerte. Schemenhafte Gestalten begleiteten sie und blieben zurück. Die Straße wurde steiler, schmaler und würde in einem Turm münden. Sie wußte schon, was kam, als hätte sie alles bereits einmal erlebt. Sie war jetzt allein und mußte die Stiege im Turm aufwärts steigen, die enger und schmaler wurde, bis sie, Ruth, steckenblieb und erstickte.

Als sie die Augen wieder öffnete, war das Sonnenmuster verschwunden. Herr Groll, mit dem sie seit einem Monat zusammenlebte, massierte mit sanftem Druck ihren Nacken. Ruth spürte einen leisen, nicht unangenehmen Schwindel. Es hätte auch ein anderer Mann sein können. Aber vielleicht wäre ein anderer Mann weniger gut gewesen. Ihre Nervenkrise war vorüber.

Also Mai, dachte sie. Dann würde sie aus dem Leben Grolls verschwinden. Daran war nichts zu ändern. Alles andere wäre nicht fair gewesen.

Die Haut des Mannes war zart wie die Haut eines Mädchens. Sie schob die Nase unter seine Achsel und atmete den leicht säuerlichen Geruch nach Schweiß. Die Nähe des warmen massigen Männerkörpers wirkte beruhigend. Sie hätte nicht zu sagen vermocht, woran das lag, wie sie nicht erklären konnte, weshalb sie eines Tages alles an Justinus zu stören begann. Auch heute nicht. Jahre später. Aber dieses alte Gefühl der Gereiztheit war latent vorhanden. Loderte auf, sobald sie Justinus begegnete.

Justinus hatte sie nicht gedrängt, als sie ihm ihren Entschluß abzureisen mitteilte. Er benahm sich zuvorkommend wie bei ihrer Scheidung. Er reichte ihr die Hand und sagte: Du kannst jederzeit herkommen. Du weißt es.

Groll saß im Abteil, als sie durch das Fenster Justinus zum Abschied zuwinkte. Im Wagen brannte bereits Licht. Der Zug fuhr durch den Abend. Der Mann hatte ein großporiges, bleiches Gesicht und eine hochgestülpte, breite Nase. Er starrte sie einige Minuten schweigend an, dann begann er zu reden, als hätten sie ein vertrauliches Gespräch nur eben für einen Moment unterbrochen. Er schien nicht sehr gewöhnt, daß man ihm zuhörte. Seine kleinen, flinken Augen blinzelten unruhig. Nach einer Weile fühlte sie, daß ihr dieser Mann wohl tat. Er saß da, schwatzend, und verlangte nicht, daß man sich für ihn interessierte. Er stellte keine Fragen und erwartete keine Antworten. Es gab keinen Grund, ihn einzuweihen. Auch später nicht, zu Hause, wohin er ihr gefolgt war, mit der gleichen Selbstverständlichkeit, mit der er das Gespräch begonnen hatte.

Heute holen wir ihn, sagte Groll.

Gut. Wenn du meinst, erwiderte Ruth.

Sie versteht nichts davon, sagte Groll. Du kannst nicht auf die Dauer mit einem Menschen leben, der so viel nicht versteht.

Ruth fand, das ging sie nichts an. Das konnte man von ihr nicht verlangen. Die Vergangenheit dieses Mannes wäre nur wichtig gewesen, wenn es eine Zukunft gegeben hätte. Niemand ging sie mehr etwas an. Das war immer so. Sie hatte Leute gekannt, die nicht mehr das geringste Interesse für ihre Kinder aufbrachten. Jetzt war Ruth froh, keine Kinder zu haben.

Ich glaube, es wird da gut sein für ihn, sagte Groll. Es ist ziemlich wichtig, daß der Platz, an dem man einen Baum pflanzt, gut für ihn ist. Am schönsten ist er im Herbst. Jetzt hat er noch keine Blätter. Trotzdem wirst du gleich sehen, er ist etwas Besonderes.

Plötzlich begann Ruth zu lachen. Erst lautlos, dann schnaufend, schließlich schüttelte das Lachen ihren Körper wie ein hysterischer Anfall.

Das Gericht, japste sie, ich stelle mir das Gericht vor. Der Richter ist eine Frau. Die beiden Schöffen können meinetwegen Männer sein. Es ist sogar besser, wenn es Männer sind. Dann deine Frau. Lehrerin. Ein bißchen verhärmt, aber entschlossen. Drei Kinder. Die zwei Fehlgeburten nicht mitgerechnet. Daneben du. Und hebst an mit deiner wehleidigen Klage: Diese Frau hält nichts von meinem Tulpenbaum.

Groll war nicht im geringsten beleidigt. Er wollte etwas sagen, aber Ruth lachte schon wieder, sie hopste aus dem Bett und konnte nicht aufhören zu lachen. Im Bad mußte sie sich am Waschbecken festhalten und einen Brechreiz niederkämpfen.

Ich bin ganz kaputt, dachte sie. Wie konnte man nur so kaputtgehen.

Sie musterte sich im Spiegel. Sie war abgemagert. Die Haut schlecht durchblutet. Ein harter Zug im Gesicht.

Ich liebe dich, sagte Groll, beiläufig, als beträfe es eine Angelegenheit, um die man keinen großen Aufwand treiben müsse.

Mein Gott, dachte Ruth. Zwei- oder dreimal im Leben hatte sie sich heftig gewünscht, ein Mann möge es genauso aussprechen. Nun war da jemand, der es sagte, ohne daß sie es gewünscht hätte oder gebrauchen konnte.

Vielleicht könnten wir ganz normal darüber reden, wenn wir religiös wären, dachte Ruth, während sie das Badewasser mischte. Die Religiösen waren mehr daran gewöhnt, darüber zu reden. Man hatte ihr beigebracht, die Gedanken daran zu verdrängen und ließ sie nun im Stich. Höchstens für eine Sache zu sterben, erschien statthaft. Sie aber ging an einem falschen genetischen Code zugrunde, und keine Sache der Welt war ihr so wichtig, wie dieses verfluchte bißchen Leben, das so kläglich davonlief. Mag sein, hier lag der Hauptmangel. Ihr war nie etwas wirklich wichtig gewesen. Von der Art Wichtigkeit, die am Leben erhält.

Ruth schob den Tisch ans Fenster und bereitete das Frühstück.

Komisch, nicht, woran man manchmal merkt, daß eine Frau zu einem paßt, sagte Groll.

Und woran merkst du es bei mir?

Schwer zu sagen. Vielleicht daran, wie du dich bewegst.

Ach du mein lieber Groll, dachte Ruth belustigt, während sie die Vase mit den Kirschzweigen auf den Tisch stellte. Flüchtige Bilder gingen durch ihren Kopf.

Die hastigen Mahlzeiten mit Justinus.

Einmal hatten die Kirschbäume geblüht. Sie rannten den Abhang hinunter zum See und machten am Ufer ein Feuer. Später kamen die Angler. Einer von ihnen, ein Alter mit einer grauen Pudelmütze, erzählte ununterbrochen schweinische Witze. Ihm fehlten die oberen Schneidezähne, und man konnte ihn schwer verstehen. Als er erfuhr, daß sie Medizin studierten, begann er, fürchterlich zu lamentieren. In der Nacht schliefen sie zum erstenmal miteinander. In dieser Nacht stand der Vollmond über dem See, und sie hatten einander versichert, daß sie es kitschig fänden.

Groll nahm die Kanne und goß den Kaffee in die Tassen.

Ruth tippte mit dem Zeigefinger gegen den Kirschzweig und sagte: Weißt du, an was mich das hier erinnert – an Prüfungen. Prüfungszeit. Mir ist, als hätte ich alle Frühlinge meines Lebens mit Prüfungen verbracht. Eine Hundsgemeinheit, wie sie das organisieren. Du gewöhnst dich daran, daß die Gegenwart nichts gilt. Immer wartest du auf etwas. Auf die Zeit nach der Prüfung. Auf eine Wohnung. Auf das Auto. Auf eine Reise. Auf das höhere Gehalt. Das ganze Leben dient der Vorbereitung irgendwelcher Ereignisse, die dann enttäuschen. Dabei ergibt sich durchaus nichts Beruhigendes, wenn du die Zeit überschlägst, die dir zur Verfügung steht.

Siehst du, sagte Groll und starrte auf die zerfließende Butter seines Toasts, siehst du, das ist der Grund, weshalb ich ein Verhältnis zu Bäumen habe.

Können wir ihn nicht im Herbst holen? fragte Ruth.

April ist die richtige Zeit.

Und nächstes Jahr? Wirklich, wär mir lieber.

Nein. Es wird zu spät. Ist schon fünf Jahre her, seit ich ihn gepflanzt habe. Sie verlangte, ich sollte ihn hinter das Haus pflanzen, und da habe ich ihn hinter das Haus gepflanzt, obwohl ich wußte, er steht dort schlecht. Ich konnte mich einfach nicht mehr mit ihr streiten. Damals, als ich merkte, ich konnte mich nicht mehr mit ihr streiten, wußte ich, das würde ich nicht mehr lange mitmachen. Du kannst mit einer Frau eine Wohnung einrichten, Kinder aufziehen, für ein Auto sparen und was sonst noch so ist. Das hast du alles gekonnt mit dieser Frau, aber alt werden kannst du nicht mit ihr.

Können wir überhaupt nicht, sagte Ruth. Wir haben keine Einstellung dazu. Wir mögen die Alten nicht. Sie ängstigen uns. Sie sind zum Tode Verurteilte. Was wollen Sie denn eigentlich? Bei Ihrem Alter! Seien Sie froh, daß es überhaupt noch geht. Man sagt ihnen das. Leichthin. Wirklich, ich hatte mir diesen Beruf anders vorgestellt. Nicht so zermürbend. Weniger Routine. Was bleibt denn zwischen Routine und Nichthelfenkönnen. Bürokratie und Gezänk um den Krankenstand.

Nein, dachte sie, während sie beobachtete, wie Groll sich einen Kognak eingoß, nein, am Beruf lag es nicht. Der Beruf war in Ordnung. Sie hatte einfach falsche Vorstellungen von sich selbst gehabt. Irgendwie großartig, edel wie die Helden, die man ihr anbot. Manchmal verkannt, manchmal im Irrtum, aber letzten Endes bewunderungswürdig. Nie hatte sie mit sich selbst in Einklang kommen können, denn ihre Wirklichkeit sah ganz anders aus.

Sie war immer schnell ermüdet und gereizt. Mit den Kollegen verwickelte sie sich in beschämende Streitereien. Ein Kind gab es nicht. Nicht mehr, nach einer Unterbrechung im ersten Studienjahr. Dem Mann, der sie damals dazu überredete, schrieb sie: Du hast mein Leben zerstört.

Wieviel verdammte Zeit hatte sie damit vertan, sich gehenzulassen und anderen die Schuld zu geben. Keinen Moment war ihr der Gedanke gekommen, es könnte so schnell zu Ende sein.

Etwas wäre noch rauszuschlagen, wenn man zu Justinus ginge. Ein Jahr, wenn es hochkam. Blutaustausch. Bestrahlungen. Aber was war das für ein Gewinn. Ein Stück Zusatzleben in einem Ghetto. In einer Umwelt, in der es dafür keine Sprache gab. In der man eine peinliche Störung darstellte. Unterhaltungen, krampfhaft optimistisch, verlogen.

Mit Groll konnte sie normal reden, denn Groll wußte nichts. Sie konnte mit ihm einen Baum pflanzen. Sich vorstellen, wie er als alter Mann unter diesem Baum saß. Groll würde ein schöner alter Mann sein, wenn er auf seine Leber achtete. Eine Frau neben ihm. Eine andere Frau. Doch, das konnte sie sich vorstellen. Es hatte sogar etwas Tröstliches. Etwas von Beständigkeit.

Irgendwann begreifst du, daß es nicht mehr angebracht ist, einer Zukunft hinterherzujagen, sagte Groll. Du mußt dich in der Gegenwart einrichten.

Aber gerade das hast du nicht gelernt. Sieh mich an. Ich war immer der Beste. Eine Hoffnung. Eine Zierde. Wo bin ich angelangt!

Es stört dich nicht, sagte Ruth.

Nein. Nicht sehr, sagte Groll.

Mich hat es immer sehr gestört, dachte Ruth. Ihre erste Empfindung, als sie das Resultat der Analyse in den Händen gehalten hatte, war Erleichterung gewesen. Eine vernunftwidrige Schadenfreude. Als schlage sie jemandem ein Schnippchen. Jemandem, der ständig von ihr etwas verlangte, was sie nicht erfüllen konnte. Endlich durfte sie so müde sein, wie sie sich fühlte.

Natürlich ist es nicht unabhängig davon, was sonst mit einem los ist, ob es einem etwas ausmacht oder nicht. Mit dir macht es mir überhaupt nichts aus, sagte Groll.

Du sollst mich nicht wichtig nehmen, sagte Ruth.

Ich bin froh, daß du da bist. Das ist alles.

Und wenn ich nicht da wäre?

Bist du aber.

Du kannst auch allein zurechtkommen.

Weiß ich nicht. Sicher. Jeder kann das. Aber es ist anders. Kann sein, daß ich dann wieder trinken würde.

Ruth brachte das Tablett in die Küche.

Sie hatte damals unvermittelt den Löffel beiseite gelegt und Justinus erklärt, sie werde ihn verlassen. Sie hatte vorher nicht gewußt, daß sie es sagen würde. Justinus saß am Tisch, den Kopf in die Hände gestützt und schwieg. Dann fuhr er zur Klinik. Er war auch an diesem Tag pünktlich.

Wir müssen eine Decke mitnehmen, sagte Groll.

Glaubst du, er paßt ins Auto?

Ich denke, er paßt. Die meisten verwechseln ihn mit der Magnolie. Seine Blüten sind unauffälliger und zarter. Aber du darfst nicht enttäuscht sein. Er blüht erst nach fünfzehn Jahren.

Plötzlich war die Übelkeit wieder da. Die Linden, dachte sie, die Linden blühten im Juni. Sie waren sehr alt und mit der Mauer verwachsen. Einmal stürzte ein Ast auf das Dach des Stalls. Hinter der Mauer lag das Grab der Urgroßeltern. Wollte man die Inschrift auf den schwarzen Marmorkreuzen lesen, mußte man den Efeu beiseite schieben. Daneben ruhten die Großeltern. In Gott. Die Eltern waren bereits ortsfremd gewesen. Erst in Urnen zurückgekehrt. Die Namen nachträglich eingemeißelt. Nicht mehr in Gott. Urnen waren noch möglich. Ansonsten war der Friedhof gesperrt.

Was ist denn, fragte Groll.

Nichts, es geht schon.

Du siehst nicht gut aus.

Ein bißchen Müdigkeit.

Glaubst du, daß du noch eine Stunde schlafen kannst?

Nein, laß uns fahren.

Sie fuhren in dichter Autokolonne in östlicher Richtung. Ruth stützte die Unterarme auf das Lenkrad und kniff die Augen zusammen. Groll hatte seinen linken Arm auf der Rückenlehne ihres Sitzes liegen und rauchte.

Weiß sie, daß du ihn holst, fragte Ruth.

Ja, ja, murmelte Groll unkonzentriert.

Je länger Ruth grübelte, desto mehr zweifelte sie, ob dem System ihrer Erinnerungen Wahrhaftigkeit zukam. Warum liebte sie Justinus eines Tages nicht mehr? Hatte sie durch ihn nur ihre eigenen ehrgeizigen Vorstellungen verwirklichen wollen?

In der Vorweihnachtszeit war Justinus diese Stelle in der Universitätsklinik angeboten worden, mit der Möglichkeit zu habilitieren. Er wollte ablehnen. So eine Chance, Junge, so eine Chance, hatte ihr Vater gesagt und vor Aufregung einen Asthmaanfall bekommen. Du weißt, ich bin ein Stadtmensch, sagte Ruth. In der Nacht umarmte sie ihn und flüsterte: Ich bin stolz auf dich.

Wieviel Schuld trug sie? Gehörte nicht auch Justinus zu den Überforderten? Hatte sich verschlossen. Auch vor ihr, die Hilfe verweigerte. Die Schuld trug und ihn im Stich ließ. Weil er spürte, daß sie sich ein Bild von ihm machte, dem er nie gleichen würde. Weil er von Bildern umgeben war, denen er nicht entsprechen konnte. Hatte sich hinter die glatte Haut zurückgezogen.

Wieviel Liebe war wirklich zwischen ihnen gewesen? Oder ging es ihr immer nur um die Suche nach einer eigenen Identität? Und wie war das jetzt mit diesem Groll! Woher kam das Gefühl, sie könnte ihn lieben. Dieser Groll, der in keiner Beziehung etwas Besonderes an sich hatte, der aber auch nichts Besonderes von ihr verlangte.

Reine Glückssache, damals. Heute bekommst du so etwas nicht mehr, sagte Groll und meinte den Baum.

Sie bogen von der Hauptstraße in nördlicher Richtung ab und fuhren durch ein Siedlungsgebiet, in dem kleine Wohnhäuser und Gärten mit Bungalows wechselten. Später verließen sie die asphaltierte Straße und zogen auf einem ausgefahrenen Weg eine Staubfahne hinter sich her.

Ruth versuchte sich vorzustellen, wie Groll sich verhalten würde an ihrer Stelle, und sie dachte, daß dieser große, dicke Mann mit seiner Vorliebe für Bäume fürchterlich schlappmachen würde. Sie fühlte sich sehr stark. Jetzt schien es ihr unmöglich, daß sie sterben sollte. Es gab zu viele Dinge, über die sie noch nicht nachgedacht hatte. Zu sich selbst finden. In sich selbst ruhen. Mit Groll an ihrer Seite war das möglich. Gerade weil Groll nicht fabelhaft war, gar nicht fabelhaft sein wollte.

Hier, sagte Groll.

Den Garten umgrenzte ein Drahtzaun, an dem sich niedriges Kieferngehölz entlangzog. Ein mit Tausendschönchen betupfter Rasen erstreckte sich bis zu einem flachen Holzhaus, vor dem sich die langen, zarten Zweige eines Tamariskenstrauches niederbogen. Neben der Terrasse lag ein Ball.

Groll schwatzte ununterbrochen. Ruth hörte nicht

genau zu. Mit einem Mal spürte sie wieder dieses Schwindelgefühl. Sie hockte sich auf den Rand der Wassertonne.

Groll suchte im Haus nach Werkzeug. Er kam zur Tür heraus, schwenkte einen Sack mit ausgestrecktem Arm und warf ihn auf den Rasen. Dann ging er mit dem Spaten in der Hand hinter das Haus. Ruth hatte sich das Bäumchen großartiger vorgestellt. Man hätte es auch für ein Apfelbäumchen halten können.

Plötzlich schien es Ruth, als geschähe durch das Ausgraben des Baumes ein nicht wieder gutzumachendes Unrecht, das sie unbedingt verhindern mußte. Sie packte den Mann am Arm und stammelte: Laß uns einen anderen pflanzen. Bitte! Mir zuliebe!

Groll schüttelte ärgerlich ihre Hand ab. Dann stach er mit dem Spaten einen Kreis in die Grasnarbe.

Sie wußte, er neigte zum Jähzorn. Groll stieß mit einem kräftigen Fußtritt den Spaten in die Erde und hob einen Grasbatzen aus. Ein häßliches braunes Loch riß in den grünen Teppich. Ruth spürte eine Schwäche in den Beinen, sie mußte sich an die Hauswand lehnen.

Ich liebe ihn, dachte sie. Aber sie dachte es nicht sehr klar, so, als denke jemand anders für sie. Ihr Kopf schien von einer eigenartigen Taubheit befallen.

Groll hob rund um das Bäumchen eine Grube aus.

Er arbeitete angestrengt. Sein Hemd färbte sich auf dem Rücken dunkel. Er steckte den Ballen in den Sack und band ihn zu.

Ruth ging zum Auto.

Groll kratzte die restliche Erde in das Loch. Es blieb eine schmutzige Vertiefung im Rasen. Dann verschloß er das Haus und die Gartentür.

Als Ruth anfuhr, sah sie im Rückspiegel den Liriodendron tulipifera in der Hand des Mannes, der in seitlich gebeugter Haltung dastand, bis der Staub alles verhüllte.

Ruth war in diesem Augenblick vollkommen glücklich. Sie glaubte fest daran, daß sie leben würde. Die Tränen, die ihr über das Gesicht liefen, spürte sie nicht.

Der todsichere Tip

In mathematischen Definitionen sind Gefühle belanglos. Entscheidend ist ihre Zweckmäßigkeit. So werden Wahrscheinlichkeiten für die Zufälle des Lebens durch Zahlen zwischen null und eins beschrieben, gleichgültig, ob wir einen Glücksfall gern optimistischer ausgedrückt hätten, als beispielsweise durch nullkommaneunneun.

Im übrigen geht es bei den Mathematikern ähnlich zu wie überall. Als der Papst zum Punkt „Sonstiges" kam, unterschieden sich die Empfindungen der versammelten Leiter des Mathematischen Zentrums durch nichts von den Empfindungen, die Sitzungsteilnehmer immer bewegen, wenn der Punkt „Sonstiges" erreicht ist.

Es sei wieder an der Zeit, sagte der Papst, Bilanz zu ziehen und zu prüfen, ob im Zentrum Ergebnisse erzielt worden wären, die man für den Karl-Egon-Kuller-Preis vorschlagen könne. Natürlich müßten sehr harte Maßstäbe angelegt werden, denn das Zentrum dürfe sich nicht blamieren. Nur wirklich herausragende Leistungen kämen in Frage. Die

Entscheidung über herausragend oder nicht behielt sich der Papst vor. Das brauchte er nicht zu betonen. Das wußten alle.

Wäre es nach dem Papst gegangen, die ganze Preisverleihung hätte nicht stattgefunden. Mit den Preisträgern gab es immer eine Menge Scherereien, weil diese unweigerlich eine Zeitlang glaubten, sie seien tatsächlich herausragend. Es bereitete jedesmal Mühe, hinterher wieder Ordnung zu schaffen und die Hochgelobten auf den nackten Boden der Tatsachen zurückzuholen. Aber es ging in dieser Frage nicht nach dem Papst, und es war an der Zeit, wieder einen Preisträger vorzuweisen, anderenfalls wären Rückschlüsse auf eine mangelnde Leistungsdichte im Zentrum nicht ausgeblieben.

Die Entscheidung drängte sich diesmal nahezu auf und hieß: Doktor Cornelia Fröhlich. Für die Wahrscheinlichkeitstheoretikerin Fröhlich stand eine Berufung nach K. ins Haus, wohin sie ihrem Mann, einem Biologen, folgen wollte. Doktor Fröhlich habe ihre Entwicklung am Zentrum im wesentlichen abgeschlossen, hatte der Papst gesagt. Grundlegende Ideen wären kaum noch zu erwarten. Aber er schätze sie als eine zähe, zuverlässige Arbeiterin. Eine Dozentur an einer kleinen Universität sei genau das Geeignete.

Die Entscheidung war wirklich zwingend. Der Papst trommelte vergnügt mit den Fingerkuppen auf der Tischplatte. Eine Einrichtung, die einen Preisträger hervorbrachte, stand schon nicht schlecht da.

Um wieviel besser mußte es erst um eine Einrichtung bestellt sein, die es sich leisten konnte, einen Preisträger abzugeben. Er nahm sich vor, bei seinem wissenschaftlichen Sekretär ein Gutachten über die Fröhlich anzufordern. Multivalent verwendbar. Es dürfe ruhig dick aufgetragen werden.

Nach der Sitzung begegnete der Papst auf dem Flur dem Redakteur der populärwissenschaftlichen Fernsehsendung „Ach so“, und er überlegte ungehalten, was dieser Mensch immer noch im Haus herumzuschnüffeln habe. Seit dem ersten Tagesordnungspunkt, der die Zusammenarbeit jener Sendereihe mit dem Zentrum betroffen hatte, war bereits geraume Zeit vergangen. Er empfand eine tiefe Abneigung gegen den Redakteur.

Klappern gehöre zum Handwerk. Nicht nur zu seinem. So hatte der Redakteur seine Ausführungen begonnen. Aber keinesfalls dürfe man mit mathematischen Fakten langweilen. Die Sendereihe habe einen Ruf zu verlieren. Er denke an viel Musik, etwas Mode, das Fernsehballett und zwischendurch die Errungenschaften „unserer Wissenschaft“ möglichst mit volkswirtschaftlichem Nutzen. Und am Ende müsse der Zuschauer feststellen können: Mathematiker sind auch Menschen. Als „Ach-so“-Effekt. Sozusagen.

Sehr peinlich, dachte der Papst. Aber man konnte tatsächlich den anderen Fachrichtungen das Rühren der Reklametrommel nicht allein überlassen. Außerdem gab es, wie überall, auch im Zentrum

Leute, die sich gern in Szene setzten. Diese konnte man ruhig gewähren lassen. Im seriösen Wissenschaftsbetrieb würden sie sich dadurch auf keinen Fall Ehre einhandeln.

Cornelia Fröhlich gehörte nicht zu diesen Leuten. Ihr Name war die Ausbeute des Streifzuges, den der Redakteur sehr zum Mißfallen des Papstes durch das Zentrum unternommen hatte.

Im kleinen Sitzungszimmer des Studio C erläuterte der Redakteur die Vorstellungen der Mathematiker. Die wollen uns wohl ruinieren, stöhnte der Regisseur.

Der Redakteur sagte, man könne schließlich nicht schon wieder „Sexualität im Vorschulalter" machen. Und da sei diese Frau. Frau und Mathematik, das ergäbe genau den kleinen Schuß Perversität, den die Sendung brauche.

Das setze aber ein Mindestmaß an Sex voraus, bemerkte der Kameramann skeptisch.

Ob die anderen meinten, er sei ein Anfänger. Er habe die Dame ausführlich ins Auge gefaßt. Ganz frisch sei sie natürlich nicht mehr. Aber die Maske! Man solle doch die Maske nicht unterschätzen.

Der Assistent des Redakteurs hatte auch schon einen Titel für die Sendung. „Gibt es den todsicheren Tip? Die bekannte Wahrscheinlichkeitstheoretikerin Doktor Cornelia Fröhlich berechnet Ihre Chance." Der Redakteur dachte wieder einmal, daß er mit dem Assistenten einen guten Griff getan habe.

Als der Name Fröhlich in diesem Zusammenhang

auf dem Schreibtisch des Papstes auftauchte, damit er sein „Einverstanden“ hinzusetze, spürte dieser einen deutlichen Verdruß, über dessen Ursachen er sich aber keine Rechenschaft ablegte.

Die Dinge gingen munter voran. Der Assistent hatte nicht nur das Zeug, einen zugkräftigen Titel zu erfinden, sondern er schrieb auch ein flottes Drehbuch. Kinder, tut mir den einzigen Gefallen, laßt Lotto-Toto aus dem Spiel, sagte der Redakteur, der wirklich kein Anfänger war. Daraufhin erfanden Cornelia und der Assistent ein Spiel, in dem man praktisch immer gewann. Die Wahrscheinlichkeit für einen Gewinn ist nullkommaneunneun, sagte Doktor Fröhlich vor der Kamera.

Nun gibt es Redaktionen, die mangels eigener Ideen darauf angewiesen sind, an den Ideen anderer zu partizipieren. Als die Dreharbeiten auf Hochtouren liefen, besuchte die Reporterin einer bekannten Illustrierten das Studio C und hörte von der „kleinen fotogenen Mathematikerin“. Kurze Zeit später stand eine mehrseitige Bildreportage über Cornelia Fröhlich im Programm dieser Zeitschrift. Die Reporterin bat den Papst, in einem kurzen Interview die Leistungen Cornelias allgemeinverständlich zu würdigen. Der Papst war jetzt ernsthaft verärgert, und seine Darlegungen fielen dementsprechend lau aus. In dem Manuskript, dessen Vorlage sich der Papst ausdrücklich erbeten hatte, entstand daraus durch geringfügige Streichungen und Umstellungen ein kleines Heldenepos.

Der Papst hatte dieses Manuskript und die Ankündigung der Fernsehsendung „Ach so“, die in großer Aufmachung in der Programmzeitschrift erschienen war, vor sich auf dem Schreibtisch liegen. Er dachte nach. Jeder, der ein bißchen Erfahrung besaß, wußte natürlich, wie solche Reportagen gemacht wurden. Trotzdem taten diese Schreibereien ihre Wirkung.

Worin bestanden eigentlich die besonderen Leistungen der Fröhlich, dachte der Papst. Je länger er grübelte, desto deutlicher erkannte er, daß er einem Fehlurteil erlegen war. So etwas passierte noch ganz anderen Leuten. Er aber würde Manns genug sein, aus einer derartigen Einsicht die Konsequenzen zu ziehen. Er ließ sich mit dem Vorsitzenden des Preisausschusses verbinden und fragte an, ob er seinen Antrag noch, ohne größeres Aufsehen zu erregen, zurückziehen könne. Es war möglich.

Die Ankündigung „Gibt es den todsicheren Tip?“ in der Programmzeitschrift lag nicht nur auf dem Schreibtisch des Papstes, sondern auch auf dem Schreibtisch eines Gruppenleiters im Finanzministerium. In dessen Auftrag telefonierte eine Sachbearbeiterin des Ministeriums mit einer Sachbearbeiterin des Fernsehfunks. Man hoffe im Ministerium sehr, daß es mit der Sendung keinen Ärger gäbe. Die Neujahrsriesentombola stünde ins Haus, und die Kollegen vom Fernsehen sollten sich mal die letzten Quoten ansehen.

Als der Redakteur diese Nachricht auf seinem

Tisch fand, bekam er einen Tobsuchtsanfall. Er lasse sich doch nicht von jedem reinreden. Das wäre ja noch schöner. Nur weil da irgendwo einer hustet, fielen sie nicht gleich um. Er schrie und schrie, haute mit der Faust auf den Tisch und wußte: Alles war nur Theater. Der Regisseur und der Kameramann, die wußten es auch. Und der Redakteur wußte, daß sie es wußten. Aber das störte nicht. Es war eine schöne Szene. Das einzige, was störte, war der bewundernde Blick des Assistenten. Um so mehr Dankbarkeit empfand er für den Regisseur, der ihm eine Brücke baute. Die Quoten könne man sich jedenfalls einmal ansehen, sagte der Regisseur.

Nachts lag der Redakteur schlaflos, grübelnd. Es war nichts. Eine Lächerlichkeit. Aber wie viele kannte er, die über eine Lächerlichkeit gestolpert waren. Ihm traten sofort zwei, drei Gesichter vor die Augen. Aufgeblasene, neidische Wichtigtuer. Immer bereit, eine Kleinigkeit zum Fall hochzuziehen. Und im Hintergrund die Front einer neuen Generation. Gesichtslos, noch. Ohne Profil. Mit der geballten Faust in der Tasche. Ohne Wissen vom schweren Anfang. Sich ins gemachte Nest setzen wollen. Es nicht erwarten können. Objektiv nicht warten können. Verfluchte kaputte Alterspyramide. Wenn er in Rente ging, würde der Assistent fünfzig sein. Konnte man von ihm verlangen, so lange zu warten. Man konnte es nicht. Mit einemmal deutete er den ermunternden Blick seines Assistenten ganz anders. Gegen zwei schluckte er die dritte Schlaftablette.

Am nächsten Tag sagte der Regisseur, wenn er sich die Quoten so anschaue, könne die Neujahrsriesentombola ein Riesenreinfall werden.

Genau, erwiderte der Redakteur. Und dann suchen die einen Prügelknaben.

Da käme ja das Spiel gerade richtig, meinte der Assistent. Bei den sagenhaften Gewinnwahrscheinlichkeiten! Wenn das keine Reklame ist!

Wie hoch sind sie denn? fragte der Redakteur.

Nullkommaneunneun.

Was! Nur nullkommaneunneun! Mann, sind Sie wahnsinnig! Ein todsicherer Schuß in den Ofen wird das und kein todsicherer Tip. Damit Sie es genau wissen. Und wenn hier einer den Prügelknaben abgeben wird, bin ich das und nicht Sie. Und ob ich dazu Lust habe oder nicht, entscheide ich immer noch am liebsten selbst.

Am Abend brachte das Fernsehen auf Grund vielseitigen Zuschauerwunsches eine Wiederholung der „Ach-so“-Sendung „Sexualität im Vorschulalter“. Der Redakteur sah die Sendung nicht. Er befand sich zu dieser Zeit im Zustand totaler Volltrunkenheit.

Am nächsten Morgen erhielt er einen Anruf des Chefredakteurs der Illustrierten, den er vom Studium her kannte. Er konnte nur stammeln. Was soll schon los sein. Die können uns mal alle. Wir beide, du und ich, wir beide haben Schlimmeres überlebt. Das „Schlimmere“ stellte sich ihm in diesem Moment in Form rotgrüner Nebelschwaden im Gehirn und eines würgenden Brechreizes dar. Er war zu weiterer Auskunft nicht in der Lage und legte den Hörer auf.

Der Chefredakteur setzte daraufhin die Reportage über Doktor Cornelia Fröhlich im allerletzten Moment ab.

Natürlich machten sich nun auch Cornelias Kollegen ihre Gedanken.

Der Kaderleiter des Mathematischen Zentrums lebte in ständiger Fehde mit dem Papst. Sein Haar war darüber merklich ergraut. Der Papst nahm ihn in seiner Funktion nicht ernst, erschwerte ihm die Arbeit und warf ihm nachträglich Unfähigkeit vor. So verhielt es sich, jedenfalls aus der Sicht des Kaderleiters. Der Papst setzte die Kausalität umgekehrt. Beide waren jederzeit bereit, ihre Version im Spezialfall zu belegen.

Im Fall der Cornelia Fröhlich warf der Kaderleiter dem Papst vor, dieser habe ihn weder über den Fakt des zurückgezogenen Antrags noch über die Gründe für die Zurücknahme informiert. Der Papst erwiderte ausweichend, jeder könne sich einmal irren. Aber der Kaderleiter habe wie immer das Ohr nicht an den Massen. Es müsse doch nachdenklich stimmen, wie man die Fröhlich mit einem Schlag aus der Öffentlichkeit zurückgepfiffen hätte. Da könne ihm einer erzählen, was er wolle, da stecke mehr dahinter.

Das sagte der Papst dann auch zum wissenschaftlichen Sekretär. Dieser hatte einen längeren

Schwatz mit dem ökonomischen Direktor. Der ökonomische Direktor traf bei einer Sitzung den Leiter der Hauptabteilung für Materialversorgung. Der nahm gewöhnlich sein Mittagessen gemeinsam mit der Leiterin der Abteilung für Information und Dokumentation ein. Diese mußte anschließend zu einer Beratung mit dem stellvertretenden Direktor.

Der stellvertretende Direktor sah es als seine Pflicht an, dem Papst Bericht zu erstatten. Der lautete etwa so: Die Fröhlich habe beim Fernsehen einen Riesenskandal verursacht. Es hätte eine Sitzung auf höchster Ebene stattgefunden. Es solle nicht darüber gesprochen werden.

Den Papst überraschte das nicht. Er hatte Ähnliches vermutet. Er strich eine für die Fröhlich geplante Auslandsreise mit dem Kommentar, dies sei jetzt nicht mehr opportun.

Der Kaderleiter wollte den Vorwurf, uninformiert zu sein, nicht auf sich sitzen lassen und betrieb gründliche Nachforschungen, wodurch er nicht wenig zur Verbreitung des Eindrucks, mit der Fröhlich sei etwas faul, beitrug. Am Ende begab er sich zum Papst und teilte ihm mit, gegen die Fröhlich liege nichts vor. Weiß ich schon, knurrte dieser und fertigte den Kaderleiter im Stehen ab.

Das Gerücht über den zurückgezogenen Antrag für den Karl-Egon-Kuller-Preis erreichte auch den Dekan der Universität in K., der sich nun die beiden Gutachten noch einmal ansah, die man für die Berufung der Fröhlich angefordert hatte. Das erste, von einem Kollegen einer technischen Hochschule verfaßt, fiel ziemlich nichtssagend aus. Das zweite, vom Papst unterzeichnete, geizte hingegen nicht mit Überschwenglichkeiten. Bei dem Versuch, alle Fakten in Übereinstimmung zu bringen, mußte der Dekan zu dem Schluß gelangen, es handle sich um einen typischen Fall von Wegloben. Er beschloß, sich durch ein drittes Gutachten abzusichern. Es war ihm auch gar nicht unlieb, daß sich wegen Terminüberschreitung die Berufung der Fröhlich um ein Jahr verschieben würde. Davon unterrichtete der Dekan den Biologen Fröhlich. Es seien noch einige Probleme zu klären, die sich im Zentrum ergeben hätten.

Daraufhin meldete sich der Biologe beim Papst an und erheischte Auskunft. Der Papst machte längere, etwas nebelhafte Ausführungen über gestörte Vertrauensverhältnisse im allgemeinen und im besonderen, über Mitarbeiter, die den Weg zu ihrem Leiter nicht fänden, über Risse, die sich bis in Ehen hineinzögen, und entließ den Biologen eher verdattert als getröstet. Ein halbes Jahr später wurde die Ehe der Cornelia Fröhlich geschieden.

Die Unverfrorenheit, mit der die Frau versuchte, den Eindruck zu erwecken, es sei nichts geschehen, hätte auch den letzten überzeugen müssen, was das für eine schamlose Person war. Nicht genug damit, sie blühte förmlich auf. Und ganz ohne Maske. Man munkelte, sie lebe mit dem Assistenten der Sendung „Ach so“ zusammen, der inzwischen Redakteur geworden war. Das Problem der deformierten Alterspyramide, das seinen Vorgänger in schlaflosen Nächten quälte, hatte in diesem Fall ein Herzinfarkt gelöst.

Jedenfalls zeigte die Fröhlich keine Neigung mehr, einem Ruf nach K. Folge zu leisten. Immer, wenn sie dem Papst unbekümmert und glücklich über den Weg lief, dachte dieser erbittert, daß ihm das Arbeitsgesetzbuch keinerlei Handhabe gab, gegen solche Leute so vorzugehen, wie sie es verdienten.

Der Zweite

Ich steige die Treppe hinauf. Stufe um Stufe. Ohne besondere Erwartung. Wie immer.

Oder doch nicht wie immer. Ist nicht eine Zeit gewesen – ohne Stufen. Eine leichtfüßige Zeit. Eine schwebende Zeit. Voll Tagheimlichkeiten. Treffs, Telefonanrufe, Spannung, Zwielicht. Eine Allesodernichtszeit.

Habe ich sie schon aus den Augen verloren. Ging einfach so unter, wie die Sonne untergeht. Alltäglich. Kein Drama. Nein, beileibe nicht. Ein ganz und gar gewöhnlicher Vorgang.

Schaler Kellergeruch im Flur, obwohl die Haustür den Tag über offensteht. Die Elfenbeinfarbe der Wand ist vergilbt und mit Kinderobszönitäten verziert. Von Parterre links mit Imi bearbeitet. Sieger bleibt die schwarze Schuhcreme. Qualitätserzeugnis. Dauerhaft. Beständiger als das Gefühl. Als mein Gefühl.

Die beige gestrichenen Briefkästen mit den wechselnden Namensschildern. Vergeblicher Versuch, Gleichmaß hineinzubringen. Ruhe und Ordnung ist die erste Bürgerpflicht. Aber das Leben.

Im Frühsommer bleiben die Blumen auf dem Balkon aus. Der Mann verschwindet irgendwohin. Es fällt kaum auf. Man ist sich ohnehin oft wochenlang nicht begegnet. Erst wenn der Möbelwagen mit der Restfamilie beladen wird, hält man für einen Moment den Atem an. Wie bei einem Unfall auf der Autobahn. Nein. Man ist nicht betroffen. Diesmal noch nicht. Aber man fährt langsamer. Eine kleine Weile.

Manchmal zieht auch nur ein neuer Mann ein. Ein neuer Name am Briefkasten. Provisorisch angepinnt. Ich wechsle den Namen wie das Kleid. Ich liebe meine Identität nicht. Erhoffe eine neue. Aber alles ist schon eingerichtet. Ist der neue Name alt, bin auch ich die alte.

Im Briefkasten die Telefonrechnung und ein Bankauszug. Nicht erfreulich. Ich lebe über meine Verhältnisse. Verbrauche mit dem neuen, was mir der alte ausgezahlt hat.

Oder doch nicht mit ihm. Der Mann, dessen Namen ich zur Zeit teile, kommt für sich auf. Ich für das andere. Wir berechnen sein Essen und sein Bier. Alles hat seine Ordnung, denn es handelt sich um meine Kinder, meine Wohnung, meine Zeitung, mein Telefon. Das Auto nicht. Das Auto und die Datsche gehören seinem Vorgänger. Der hat mich ausgezahlt.

Einmal werden das halbe Auto und die halbe Datsche verbraucht sein. Ich bin dann eine alte Frau. Das ist so gut wie tot. Es lohnt sich nicht, darüber nachzudenken.

Mein Zweiter hat keine Datsche und kein Auto, aber eine Menge Unterhaltspflichten. Außerdem hat er ein Sparbuch, von dem ich eigentlich nichts wissen soll.

Ich dachte, das alles würde mir nichts ausmachen. Und es bedeutete auch nichts. Wirklich nicht. Wenn ich nicht schon wieder die alte wäre. Wenn sich nicht diese verfluchte Treppe steiler machte als je zuvor. Wenn nicht die ewigen Netze und Beutel schwerer wögen als je zuvor, obwohl ich für eine Person weniger einkaufe, seit mein Sohn ins Internat gezogen ist.

Da kann man Jahre mit einem Menschen, einem Sohn, zusammen sein, ihn aufziehen – und nicht merken, was mit ihm los ist. Betriebsblind, sozusagen. Muß erst jemand kommen, ein zweiter Mann, der, den ich meine, von dem die Rede ist, der hinter mir die Treppe hinaufsteigt, der also muß erst kommen und mir den Schleier von den Augen reißen. Es kostet ihn unzählige kleine Szenen und Wutanfälle, bis ich es begreife. Bis mein Sohn es begreift. Er ist immer im Unrecht. Er ist fünfzehn. Und ich liebe ihn.

Also ich geh jetzt, sagt er und nimmt seinen Koffer.

Es ist besser so, sage ich zu ihm, und der Kummer würgt mir den Atem ab. Dieser Augenblick wenigstens ist beständig. Der bleibt mir. Für immer.

Also ich geh jetzt, sagt mein Sohn und nimmt

seinen Koffer. Den Platz im Internat hat sein Vater organisiert, der ihn auch nicht gebrauchen kann.

Es wird schon dunkel im Treppenhaus. Der Mann hinter mir drückt auf den Lichtschalter. Das Relais ist auf zwei Minuten eingestellt. Der Mann schnauft. Er hat Sorge, sein Geld nicht abzuessen, und wird fett. Er trägt einen Aktenkoffer mit einer leeren Stullenbüchse und zwei Flaschen Bier. Die Beutel trage ich. Das Treppensteigen geht ihm auf den Kreislauf.

Der andere war drahtig und hatte einen Leistungskomplex. Keine Freunde. Keine Wohligkeit. Alles Pflichtkür. Abendlauf durch die Grünanlagen. Und Verantwortung. Vorzeitig abgebrochener Urlaub. Die Scheidung wollte er vermeiden. Nur kein Aufsehen. Einwandfreie Kaderakte. Ein disziplinierter Dummkopf. Aber drahtig. Die Beutel habe ich nie getragen.

Dieser hier liebt die Gemütlichkeit. Er hätte gern, was die anderen haben. Bloß nicht die Verantwortung. Die hat er lieber nicht.

Der erste. Der zweite. Der zweite. Der erste. Verglichen. Bemessen. Abgewogen. Gnadenlos.

Erst zugunsten des neuen. Wie hat man das bloß ausgehalten. So lange. Viel zu spät, der Schnitt. Man gibt sich recht. Nein. Man hat recht.

An dem Tag, an dem ich den Namen ändere – meinen Namen –, nein, ich habe längst keinen mehr – immer nur seinen –, an dem Tag also steht es schon patt. Ich weiß schon wieder Bescheid. Ich glaube wenigstens, daß ich Bescheid weiß.

Warum dann die Eile? Wieso das Gefühl des Triumphes, als ich wieder „Ja“ sage?

Auch ich unter Leistungszwang. Ich kann etwas vorweisen. Einen Mann. Einen zweiten kann ich vorweisen. Zwar steht er nicht ganz so im Amte wie der erste, aber gut im Fleische. So ist das also. Oder?

Oder will ich mir etwa selbst den Rückweg verlegen? Nicht wahrhaben, was ich schon weiß?

Ach, ich weiß ja gar nichts, denn es kommt alles viel schlimmer. Eines Tages steht der Vergleich zuungunsten des zweiten. Nicht zugunsten des ersten. Das geht nicht mehr. Nie mehr. Meine Seele arbeitet wie ein Buchhalter. Alles ist registriert. Aber zuungunsten des neuen. Unerträglich zuungunsten.

Ich will etwas sagen, aber ich halte den Mund. Sehe mein Bild an. Mein Spiegelbild. Die neuen Falten von den Mundwinkeln abwärts. Vor kurzem, sehr vor kurzem, noch recht passabel. Plötzlich aber irgendwie schwer zu beschreiben, verblüht. Also halt ich den Mund und zahle. Wie es sich gehört in solchem Fall.

Ich beschleunige meinen Schritt. Mühsam wälzt er sich die Treppe empor. Schwitzt. Keucht. Wird bald von Angina-pectoris-Anfällen heimgesucht werden.

Es riecht nach Kohlsuppe. Sie scheinen eine Vorliebe für Kohlsuppe zu haben in der dritten Etage.

Die Nachbarin kommt mit dem Mülleimer entgegen. Als hätte sie hinter der Tür auf Abruf gestanden. Eine Nördliche mit blondem Haar und hohen Backenknochen. Ihr Blick an mir vorbei, geil, frech. Ich brauche mich nicht umzudrehen. Ich kenne sein Gesicht in diesem Moment.

Ob er mich betrügt? Unwahrscheinlich, daß er mich nicht betrügt. Die Mutter seiner Kinder hat er immer betrogen, zuletzt mit mir.

Tagsüber. Wenn er angeblich in Bibliotheken arbeitet. Oder auf Dienstreisen. Er hat sich seinen Sinn bewahrt für die Annehmlichkeiten dieser Welt. Von seinen Taglieben erfahre ich nichts.

Vielleicht gibt es auch keine Taglieben. Aber wäre das etwa besser? Es wäre überhaupt nicht besser. Es wäre lediglich Bequemlichkeit. Und ein Mann, der nur aus Bequemlichkeit treu ist, demütigt einen noch mehr als ein untreuer.

Ich setze die Beutel auf der Fußmatte ab, trete zur Seite, damit er die Tür mit seinem Schlüssel öffnen kann. Abläufe. Eingeschliffen. Wie lange schon. Zehn Jahre oder fünfzehn. Ach nein doch. Erst zwei. Aber es könnten auch fünfzehn gewesen sein. Beim erstenmal waren es fünfzehn. Die Zeit beginnt zu rasen. Zwei Jahre wiegen jetzt schon wie fünfzehn frühere.

Ich trete ein. Ohne besondere Erwartung.

Ich werde die Hausaufgaben meiner Tochter durchsehen. Anhören, daß seine Kinder selbständiger waren. Überhaupt brauchte er sich da weder um

Schularbeiten noch Haushalt zu kümmern. Bis ihn seine erste Frau rausgeschmissen hat. Er suchte als ein Weggejagter Unterschlupf. Und ich dachte, er käme aus Liebe.

Aber ich werde den Mund halten. Meine Kinder sind nicht seine Kinder, und es geht ihn nichts an. Der Junge war wirklich für einen Nicht-Vater eine Zumutung. Eine fünfzehnjährige Zumutung.

Ich werde alles runterschlucken und fühlen, wie mein Gesicht einen Schafsausdruck annimmt. Ein Wunder, daß ich nicht blöke. Aber ich blöke nicht, sondern heule heimlich beim Abwaschen, und Heulen macht alt.

Ich werde wieder den Filmanfang verpassen. Ich bin ein Spezialist für zweite Hälften von Fernsehfilmen. Er ist gern bereit, mich auf das laufende zu bringen. Mit dem Anfang würde ich womöglich sowieso nicht beginnen. Dann nämlich wäre ich noch nicht zu müde. Ich würde ein Gedicht schreiben oder etwas erfinden. Ich bin sicher, das steckt alles in mir.

In dem Mann, der hinter mir die Tür schließt, dessen Gesicht vom Steigen gerötet ist, dessen nikotinvergiftete Lungen die Sauerstoffversorgung nicht schaffen, in dem Mann steckt nichts. Er legt Wert auf den Anfang, auf seine Latschen und auf sein Bier.

Später werden wir uns zu Bett begeben. Seitdem wir uns regelmäßig zusammen niederlegen, schlafen wir seltner miteinander. Offen gesagt, ich schlafe überhaupt nicht mehr mit ihm. Seit sie vorüber ist, die leichtfüßige, die berauschte Zeit, habe ich wieder meine Vorstellungen. Die mich umarmen, sind gesichtslos, anonym, brutal, von stattlichem Gemächt. Immer werde ich ein bißchen vergewaltigt. Ich weiß nicht, ob Männer sich dabei etwas vorstellen. Vielleicht denkt mein Zweiter an die Nachbarin. Er legt jedenfalls keinen Wert mehr darauf, daß wir das Licht anlassen.

Es hat wer angerufen, sagt meine Tochter. Ein Mann.

Ach so, ja, sage ich. Weiß schon Bescheid.

Ich bringe die Beutel in die Küche und werfe im Vorbeigehen einen Blick in den Garderobenspiegel. So unerfreulich ist es gar nicht. Ein bißchen herb, vielleicht. Aber interessanter, auf jeden Fall.

Ich schneide den Zwiebelzopf von der Wand.

Er meldet sich wieder, der Mann, der angerufen hat, sagt meine Tochter von der Tür her.

Jetzt erst einmal etwas Handfestes in die Pfanne. Das Fleisch mürbe geklopft. Eine Prise Salz. Eine Prise Muskat.

Der Zweite staunt und gibt mir einen Kuß. Ich bin nicht ganz bei der Sache.

Der Wind trägt Schafgarbenduft herein. Und das mitten in der Stadt.

Autodidakten

Der Tag an sich war kein besonderer Tag. Die Temperaturschwankungen entsprachen dem Monat April. Unbemerkt keimte Zukünftiges, und Gegenwart wurde zu Vergangenheit.

Der Alte war mit dem Tag zufrieden.

Zurückgekehrt in das VZZ, wie das Vereinigte Zentrum für Zahlographie abkürzend genannt wurde, verschmähte er den Fahrstuhl. Ein Fremder, der ihn beim Treppensteigen beobachtet hätte, würde in ihm kaum den Leiter dieser Einrichtung vermutet haben. Er erweckte eher den Eindruck eines vorzeitig gealterten FDJ-Sekretärs. Beim letzten Treppenabschnitt nahm er immer zwei Stufen auf einmal.

Tage solcher innerer Hochstimmung waren für ihn eine Seltenheit. Häufiger wurde er von Selbstverachtung heimgesucht. Er gehörte zu jenen Jahrgängen, vor denen der Krieg eine Generationslücke geschlagen hatte und die schnell zu Amt und Würden gelangt waren. Mehr zu Amt, sagte der Alte voller Ironie zu Doktor Margarete Tatenbruch, und die

Frau war zu ehrlich, um irgend etwas Tröstliches zu erwidern.

Dem Alten war ein scharfes Urteilsvermögen über Entwicklungen und Zusammenhänge eigen. Mit jugendlichem Elan hatte er Aufgaben und Funktionen übernommen. Da von ihm eine große Ausstrahlung ausging, gab es immer eine Schar von Gleichaltrigen und Jüngeren, die ihm begeistert anhingen. Diese Führungsrolle durch wissenschaftliche Verdienste zu belegen, war sein ganzer Ehrgeiz gewesen. Margarete Tatenbruch, die den Alten wahrscheinlich von allen Mitarbeitern am besten kannte, hatte ihn nie bescheiden und nie zufrieden erlebt. Ständig wurde er von einem inneren Überdruck vorangetrieben. Menschen, die mit sich selbst im Einklang lebten, waren ihm zuwider. Seine Ehe war daran zerbrochen. Unverständnis und Zorn hatte ihn damals erfüllt. Heute verletzte ihn die Erinnerung nicht mehr. Es gab Augenblicke, in denen er ahnte, daß er irgendeine Schuld trug.

Seine Spannkraft ließ in der letzten Zeit merklich nach. Manchmal überfiel ihn eine uneingestandene Sehnsucht nach Zuflucht. Sein Glaube, noch zu erstrangigen zahlographischen Resultaten gelangen zu können, war erschüttert. Seine Ergebnisse wurden schon kaum noch zitiert. Er verlor allmählich den Anschluß an die internationale Entwicklung. Durch den bürokratischen Aufwand, der mit seinem Amt verbunden war, wurde er vollends verschlissen. In ganz schlimmen Stunden, in denen er meinte, in den

Abgrund der eigenen Seele zu blicken, erkannte er mit schmerzlicher Klarheit, wie er sich in Wirklichkeit hinter diesen Belastungen verschanzte. Er verbiß sich in Analysen, Konzeptionen und Prognosen, beklagte sich wortreich darüber und verachtete sich insgeheim dafür, daß er diesen Dingen über Gebühr Zeit und Aufmerksamkeit widmete, ja ohne sie nicht mehr auskam.

Nur die Spinner bekommen bei uns einen Freifahrtschein, große Wissenschaft zu betreiben, sagte der Alte zu Margarete Tatenbruch.

Die Frau maß dem Zynismus in seinen Worten keine Wichtigkeit bei. Der Alte hatte immer Anfälle von Niedergeschlagenheit gehabt. Sie bildeten ein natürliches Gegenstück zu der Stärke, die von ihm ausging. Wenn sich ihr etwas von den seelischen Qualen des Mannes offenbart hätte, wäre sie sehr betroffen gewesen.

Seit einiger Zeit litt der Alte an Schlafstörungen. Er legte sich gewohnheitsgemäß Punkt elf Uhr abends nieder. Überhaupt achtete er peinlich genau auf einen gesunden und regelmäßigen Tagesablauf. Er fiel schnell in einen erschöpften Schlaf und erwachte zwei Stunden später mit einem Gefühl, als drücke eine riesige Last auf seinen Brustkorb. Je energischer er sich vornahm, schnell wieder einzuschlafen, um den Anforderungen des kommenden Tages gewachsen zu sein, um so wacher wurde er. Manchmal packte ihn die Nervosität derart, daß er Licht anmachte und im Zimmer auf und ab lief.

In solchen Nächten erschien ihm das VZZ als eine Weltspitzenleistung geballter Mittelmäßigkeit. Er meinte sich von Mitarbeitern umgeben, die selbstzufrieden dahinschwammen, die es für normal hielten, daß die Nichtigkeiten, die sie produzierten, völlig unangemessen honoriert wurden, und die glaubten, dieser warme Strom müsse sich unaufhörlich weiter über sie ergießen. Und wegen all dieser vorzeitig vergreisten Wracks würde er zur Rechenschaft gezogen. Das konnte man ungerecht finden und lamentieren, aber es änderte nichts. Blieb nur die Jugend. Aus deren Reihen mußten eines Tages die wahren Leiterpersönlichkeiten erwachsen. Er fühlte sich stark genug, ihnen den Weg freizuschlagen. Bei der deformierten Altersstruktur im VZZ war das keine Kleinigkeit. Er kannte niemanden außer sich selbst, der dazu in der Lage gewesen wäre.

An diesem Tag im April konnte er zufrieden sein. Die Rechenschaftslegung vor dem Direktorium der VVB Wissenschaften war positiv verlaufen. Der Alte hatte natürlich seine Erfahrung. Er wußte genau, daß man sich bei übergeordneten Leitungen durch nichts mehr verdächtig machte, als durch eine Einschätzung: Eigentlich sind wir überall ganz gut. Seine Analysen gestaltete er in nüchterner Sprache, differenziert, kritisch, aber doch getragen von realem Optimismus. Kurzum, es war ihm gelungen, den schmalen Grat zwischen „Ernst der Lage“ und „bemerkenswerten Fortschritten“ zu beschreiten.

Wichtiger war, die Analyse hatte ihn selbst überzeugt, und er verstand seinen nächtlichen Pessimismus nicht mehr.

Er hatte als schwächste Stelle der Arbeit des VZZ die unterentwickelten interdisziplinären Beziehungen zu dem VZ Meta-Makrologie hervorgehoben. Man würde ihn spätestens in einem Jahr danach befragen. Es war unumgänglich, die Angelegenheit durch einen kräftigen Leitungsdruck ins Rollen zu bringen. Leicht würde es nicht werden. In der Natur der von ihm geleiteten Wissenschaftler war das Festhalten am Gewohnten verwurzelt. An die Richtungen, die sie in ihrer Jugend mehr oder weniger zufällig eingeschlagen hatten, klammerten sie sich mit einer Ängstlichkeit, die dem Alten unbegreiflich blieb. Da war wenig Bereitwilligkeit, den Wert dieser Arbeiten einer neuen kritischen Sicht zu unterziehen. Es erschien dem Alten nahezu pervers, für welche Ziele manche von ihnen ihre Lebenskraft dahingaben. Sie hielten nicht Ausschau, wo die wahren Wachstumsgebiete ihrer Wissenschaft lagen. Sie waren nicht versessen darauf, an Neuentwicklungen mit fundamentalen Ideen beteiligt zu sein. Sie beschäftigten sich mit der Abrundung von Theorien, deren interessante Phase lange vorbei war, und jede kleine Artigkeit, die von irgendeiner Autorität geäußert wurde, genügte ihnen als Bestätigung.

An jenem Apriltag deprimierten ihn solche Gedanken nicht. Die Wissenschaft glich einer Pyramide. Es war nicht realistisch, sich Spitzen ohne das Fundament zu wünschen. Er fühlte die Kraft in sich, etwas zu bewegen, und ließ es sich nicht nehmen, seine Ansprache vor den Mitarbeitern des Zentrums zu wiederholen, wobei er hier seiner Neigung zu flammendem Pathos freien Raum gab.

Mit einem Seufzer der Erleichterung fiel er nach Dienstschluß in die Polster des Moskwitsch der Margarete Tatenbruch, für die es kaum einen Umweg bedeutete, ihn vor seiner Haustür abzusetzen. Seit sein Dienstwagen den Sparmaßnahmen zum Opfer gefallen war, nahm er dieses Angebot Margaretes häufig an. Es hätte ihm nichts ausgemacht, die S-Bahn zu benutzen, und der Zeitgewinn war auch nicht beträchtlich, aber die Unterhaltungen während ihrer gemeinsamen Autofahrten belustigten und entspannten ihn zugleich.

Doktor Tatenbruch hatte sich im Laufe der Jahre mit einem Schutzwall von Sarkasmen umgeben. Entzückt registrierte der Alte immer wieder, wie sie im Gespräch auf die Flanken, die er ihr vorlegte, hereinfiel.

In ihrer äußeren Erscheinung ähnelte Margarete Tatenbruch eher einer ältlichen Malerin als einer seriösen Wissenschaftlerin. Sie war klein, von gedrungener Statur und trug jahrein, jahraus flache, derbe Schuhe, abgetragene blaue Hosen und saloppe Rollkragenpullover. Ihr rotblondes Haar, das, von grauen Strähnen durchsetzt, immer mehr die Färbung eines Fuchspelzes annahm, fiel lang und glatt über die Schultern, wenn sie es nicht mit einem

Gummi im Nacken zusammennahm. Ihr Habitus setzte nach Ansicht des Alten ihrem beruflichen Aufstieg notgedrungen in der Abteilungsleiterebene ein Ende. Für Repräsentationsfunktionen kam sie nicht in Frage. Es hatte allerdings nicht den Anschein, als ob sie sich darüber grämte. Ihre mit kreisrunden Brillengläsern bewehrten, grauen Augen strahlten Aufmerksamkeit, Tatkraft und hintergründige Fröhlichkeit aus.

Während sie ihr Fahrzeug einordnete und dabei vor Konzentration die Augen zusammenkniff, bemerkte Margarete ironisch, sie sei immer noch von der feurigen Rede bis in die innerste Seele ergriffen.

Der Alte, für den die respektlosen Worte der Tatenbruch nichts Ungewöhnliches darstellten, konterte, er hoffe, die Mitarbeiter würden es nicht bei den Tränen der Rührung bewenden lassen, sondern frisch zur Tat schreiten.

Sie habe das ungute Gefühl, seufzte Margarete, daß ihre Kreativität nachließe. Leider sei es ihr nicht vergönnt, dies durch Aufstieg in höhere Leitungsebenen zu verbergen, in solche Ebenen nämlich, in denen Ideenreichtum völlig fehl am Platze wäre, weil er lediglich die Abläufe störe.

Der Alte schwieg, da er zwischen Zustimmung und Protest pendelte und sich nicht entscheiden konnte.

Als Margarete vor seinem Haus anhielt, sagte der Alte: Der Nachwuchs ist das Wichtigste. Die Leistung unserer Autodidaktengeneration wird einmal danach bemessen werden, wie es uns gelungen ist, Nachwuchs heranzubilden, der uns übertrifft.

Margarete sah ihm nach, und eine beklemmende Angst vor der Heimkehr in ihre Wohnung befiel sie.

Doktor Tatenbruch leitete eine kleine Abteilung des VZZ. Mit ihren Mitarbeitern war sie freundschaftlich verbunden. Die meisten hatte sie selbst durch Vorlesungen an der Universität für eine Tätigkeit auf ihrem Spezialgebiet geworben. Irgendwann war genau das eingetreten, wovon der Alte gesprochen hatte. Die Jungen überrundeten sie. Die Frau fühlte sich immer weniger in der Lage, ihre Mitarbeiter anzuleiten. Ihr Konzentrationsvermögen und ihre geistigen Kräfte ließen nach. Fast unmerklich zuerst hatte sie kapituliert. Moderne Methoden waren entstanden, die sie nicht mehr beherrschte. Während die Jüngeren sich die neuen Resultate und Denkweisen ohne Hemmungen aneigneten, gab es bei ihr unüberwindliche psychische Barrieren. In Diskussionen spürte sie, wie der Fluß ihrer Gedanken zäher wurde und die alte Folgerichtigkeit verlorenging. Sie war verunsichert. Sie ertappte sich dabei, wie sie mißtrauisch beobachtete, ob sich jemand über sie lustig machte. In langen inneren Monologen führte sie ihren größeren Überblick und ihre Lebenserfahrung ins Feld, aber sie war zu aufrichtig, um sich nicht einzugestehen, ihre Leitungstätigkeit lief immer mehr auf reine Organisation hinaus.

Allmählich wandelte sich Margaretes Einstellung zu ihrer Arbeit. Der Glaube an den Wert ihres Tuns wurde erschüttert. War es nicht lächerlich, dem Beweis dieser oder jener zahlographischen Aussage mit enormem Kraftaufwand nachzujagen. Die ehrgeizige Verkrampftheit mancher Kollegen empfand sie als fatale Dummheit. Manchmal erschien ihr das ganze Treiben am VZZ widersinnig, und in ihr wuchs das Gefühl, nicht am rechten Platz zu sein. Dachte sie an die zwanzig Arbeitsjahre, die noch vor ihr lagen, umkrallte eine dunkle, würgende Angst ihren Hals.

Die abenteuerlichsten Visionen kamen ihr. Sie könnte etwas ganz Neues beginnen. Sie würde als Krankenschwester arbeiten und abends erschöpft, aber zufrieden nach Hause zurückkehren. Doch sie wußte wohl, daß es einen solchen Weg nicht gab. Sie hatte fünf Jahre studiert, vier Jahre lang eine Aspirantur absolviert, war Inhaberin von zwei Doktorgraden und besaß keine wirkliche Neigung zum Samaritertum.

Manchmal dachte sie auch an Selbstmord. Nicht sehr ernsthaft. Sie machte sich keinerlei konkrete Vorstellungen. Aber der Gedanke, daß diese letzte Möglichkeit, sich zu entziehen, existierte, hatte etwas Tröstliches.

In solcher Stimmung sah Margarete an jenem Aprilabend den Alten in sein Haus gehen. Er war der einzige Mensch, mit dem sie sich ein Gespräch über ihre Sorgen vorstellen konnte.

In den Vorgärten des Neubauviertels, in dem der Alte und Doktor Tatenbruch wohnten, blühten die Sträucher. Die gelben Forsythien. Die prallen Trauben der Blutjohannisbeere. Lachsfarben leuchteten die japanischen Quitten. Die immergrünen Mahonien lockten mit gelben Blütenbüscheln. Die weißen Dolden des Spierstrauchs verströmten ihr sinnliches Aroma. Die Luft der Abende war weich und mild. Margarete, die sich seit einiger Zeit krank fühlte, empfand eine eigenartige neue Sensibilität. Sie, die immer ausgeglichen und guten Mutes gewesen war, wurde plötzlich von heftigen depressiven Anfällen gequält.

In dieser Zeit erhielt Margarete eine Einladung zu einer Veranstaltung des Generaldirektors mit der ersten Leitungsebene der VVB Wissenschaften. Margarete glaubte, daß diese Einladung ein Alibi darstellen sollte, weil es in der ersten Leitungsebene keine Frau gab. Sie fand ihre Lage ärgerlich und peinlich, bemühte sich aber, der Angelegenheit das Komische abzugewinnen, und vergaß die Sache bald wieder.

Der Alte, der nun wußte, daß der Name Tatenbruch in den Kaderplänen des Generals stand, bemaß von nun an die Leistungen Margaretes weitaus strenger. Dabei wurde er vom reinen Empfinden der Pflichterfüllung geleitet. Hier war einer ernsten Fehlentwicklung vorzubeugen. Man kannte das traurige Los solcher hochgelobten Frauen. Er erinnerte sich daran, daß Margarete ihm selbst das

Nachlassen ihrer Kreativität eingestanden hatte. Immer wenn er in Zukunft recht kritische Worte fand, war er überzeugt, zu ihrem Besten zu handeln.

Margarete traf die Kritik des Alten mit einer Heftigkeit, die sie selbst überraschte. Das Geleistete hatte sie bis dahin immer noch mit Stolz erfüllt. Sie glaubte sich Künftigem nicht gewachsen. Der Alte aber griff sie in allem an, was sie aufgebaut hatte. Eine selbstsichere Margarete hätte sich nicht weiter beeindruckt gezeigt, und das Gewitter wäre vorübergezogen. So aber begann sie sich zu verteidigen, worauf den Alten der Eifer packte, die Frau von ihrer Unvollkommenheit zu überzeugen.

Immer hatte Margarete dem Alten jene geheime Bewunderung entgegengebracht, die Frauen dem an Willenskraft Stärkeren gegenüber empfinden. Mit der ihr eigenen Grübelsucht spann sie stundenlang den Gedanken über Ursachen und Hintergründe der Ereignisse kreuz und quer. An ihrem Umgang mit dem Alten änderte sich nichts.

Margarete befiel eine quälende Mutlosigkeit. Sie fühlte sich in ein Räderwerk geraten, das sie zermalmen würde und dessen Zweck und Ziel sie nicht verstand. Soviel sie auch nachdachte, sie kam zu keinem sinnvollen Schluß. Ihre Gedanken kreisten in immer gleichen Bahnen. Sie erwachte am Morgen mit Kopfschmerzen vom Abend, sie wurde diese Beschwerden jetzt manchmal tagelang nicht los.

Das Studium der Zahlographie war nicht Margaretes Wahl gewesen. Sie wurde im Zusammenhang mit ihrer Studienbewerbung zu einer Aussprache bestellt. Sie habe offenbar gleichmäßig gute schulische Leistungen, sei also ohne herausragendes Talent. Man rate ihr, sich für eine Fachrichtung wie Zahlographie zu entscheiden, bei welcher der Anteil weiblicher Bewerber gering sei. Da hier gewisse Proportionen gewahrt werden müßten, hätte Margarete durchaus eine Chance. Außerdem wäre es völlig gleichgültig, was einer studiere, die richtigen Vorstellungen hätte er vorher sowieso nicht.

In den Sommernächten, in denen Margarete schlaflos lag und den Geräuschen der Straße lauschte, wurde ihr zum erstenmal bewußt, daß ihr ganzes Tun vom Streben nach Anerkennung beherrscht gewesen war. Die Freude am wissenschaftlichen Problem an sich hatte immer eine untergeordnete Rolle gespielt. Vielleicht lag hier der Hauptmangel ihrer Generation: Sie regierten mit Lob und Tadel, sprachen ziemlich abstrakt von Spitzenleistung und volkswirtschaftlichem Nutzen und verbargen dahinter ihre Unfähigkeit, mit Argumenten der Wissenschaft für diese Wissenschaft zu begeistern.

Margarete raffte ihre ganze Entschlußkraft zusammen. Da sie aus Erfahrung wußte, wie schwierig es war, mit dem Alten ins Gespräch zu kommen, lud sie ihn zum Abendessen ein.

Der Alte hatte zehn Stunden Sitzung hinter sich. Der Abend galt ihm als verloren. Er war zu abgespannt, um noch etwas Sinnvolles zu beginnen. Trotzdem zögerte er. Mit einer Art ärgerlicher Belustigung kam ihm die Idee, Margarete könnte mit dieser Einladung irgendwelche Hintergedanken verfolgen. Während der Autofahrt sah er sie von der Seite an. Die Frau erschien ihm in einer anrührenden Weise schön und zugleich häßlich. Er konnte die beiden Bilder nicht zusammenbringen.

Der Alte beschloß, die Einladung auszuschlagen. Dafür verabredeten sie einen Spaziergang durch das Neubauviertel.

An den Hausecken und Durchgängen wehte ein scharfer Wind. Margarete hatte Mühe, mit dem Alten Schritt zu halten. Der Mann redete fast ununterbrochen von seinen Schwierigkeiten mit der vorgesetzten Leitungsebene. Als Margarete endlich zu Wort kam, brach es unzusammenhängend, hastig aus ihr heraus.

Bei dem Alten festigte sich der Eindruck, Margarete wolle einer echten Leistungsanforderung ausweichen, ja scheue sich sogar davor, ihren Mitarbeitern hohe Leistungen abzuverlangen. Nachträglich erkannte er, daß ihn seine Ahnung wieder einmal nicht getrogen hatte, als er die Einladung ablehnte. Das angebotene Abendessen kam ihm nun wie ein plumper Bestechungsversuch vor.

Die Tage dieses Frühherbstes waren klar und still. Feine Gespinste flogen in der Luft umher. Ein leichter Aufwind trug die Fäden der Weberspinne bis zu Margarete Tatenbruchs Fenster empor.

Die Frau hatte eine Idee zum Beweis der Konsistenz im 3. Kurzschen Problem, eine Aufgabenstellung, von deren Lösung sie seit Jahren träumte. Eigentlich war die Sache längst aufgegeben. Plötzlich kamen die Einfälle leicht und spielerisch. Wie das geschah, blieb ein Wunder. Margarete glaubte sich aus einem Alptraum erwacht. In einem Aufflackern aller ihrer Lebenskräfte verbrachte sie die Nachtstunden an ihrem Schreibtisch und arbeitete den Beweis aus. Alles, was sie in diesen Stunden erlebte, war voll Spannung, voll Bedeutung. Ihren Körper durchzog ein Strom von Sinnlichkeit und Glück.

Die Leitungssitzungen im VZZ, die der Alte ansetzte, begannen um acht Uhr morgens. Als Margarete aus dem Haus trat, war das trockene, klare Herbstwetter vorüber. Die Luft lagerte schwer und feucht zwischen den Häuserblocks. Das Auto war mit feinen Rußkörnern aus dem Schornstein des benachbarten Kraftwerks übersät.

Der Alte sprach ausführlich über die zugespitzten Probleme, die sich für die Zahlographie aus dem Prozeß des vollständigen Übergangs zur intensiv erweiterten Reproduktion ergaben. Umdenken und ernsthaftes Ringen wäre erforderlich.

Am Abend vor dieser Sitzung hatte Margarete den Beweis der Konsistenz im 3. Kurzschen Problem abgeschlossen. Das Gefühl der Freude und Vitalität hielt an und war so stark, daß sie nicht einschlafen konnte. Als fielen alle Bedrückungen der letzten

Monate von ihr ab, als sei sie nun unangreifbar, da sie eigenen Ansprüchen gerecht wurde. Die Hochstimmung erfüllte auch noch den Morgen. Sie legte sich Papier und Kugelschreiber zurecht, um während der Ansprache des Alten über die Formulierung ihrer Ideen weiter nachzudenken.

Als der Alte aber redete, geschah etwas Merkwürdiges mit ihr. Jene Freude erlosch wie ein Feuer, das an Sauerstoffmangel erstickt. Sie fühlte sich bedrückt und müde.

Auch den Alten befiel noch während seiner Rede eine tiefe Mutlosigkeit. Alles, was er sagte, war zwar richtig, jedoch spürte er, wie seine Formulierungen von Mal zu Mal geschliffener wurden und immer spurloser von seinen Mitarbeitern abglitten. Große Erklärungen, Auswertungen, nach denen wieder Stille herrschte. Ein Gefühl der Zerknirschung wuchs höchstens bei denen, die sich ohnehin bis zum Rand ihrer Kraft ausschöpften. Die anderen genossen schamlos die Freiheit des wissenschaftlichen Arbeitsstils: ungeregelte Arbeitszeit, schwer kontrollierbare Leistungen. Er hatte überhaupt keine Möglichkeit, gegen diese Leute vorzugehen. Aber ihn, den Leiter des VZZ, würde man zur Rechenschaft ziehen.

Über den Buschfunk war dem Alten zu Ohren gekommen, in der letzten Dienstbesprechung beim General wären kritische Worte zur Arbeit des VZZ gefallen. Irgend jemand, der Alte hatte diesbezüglich seine Vermutungen, sollte geäußert haben, bei der nächsten Kontrollberatung müßte man härtere Maßstäbe anlegen. Auch eine gewisse Veränderung im Verhalten des Sektorenleiters glaubte der Alte bemerkt zu haben.

In der Sache Meta-Makrologie war er noch keinen Schritt vorangekommen. Das Potential dafür mußte wesentlich erweitert werden. Natürlich gab es wieder Härten und Reibereien, und ihm würde alles angelastet. Alle Mitarbeiter des VZZ leisteten sich Empfindlichkeiten, nur nach ihm fragte niemand. Keiner ahnte, wie müde und einsam er sich manchmal fühlte. Der Alte hielt den Kopf gesenkt. Die Muskulatur seines Gesichts war im letzten Jahr merklich erschlafft.

Wie manchmal die Gedanken eines kleinen Anstoßes bedürfen, um in eine Richtung zu eilen, die im nachhinein als derart zwingend erscheint, daß man sich wundert, dieses Anstoßes erst bedurft zu haben, so erging es dem Alten mit seiner Einschätzung von Margaretes Arbeit. Nun erschien es ihm als Fehler, die gesamte Richtung, die Margarete am VZZ vertrat, durch Kaderzuführung unterstützt zu haben. Dieses Gebiet stand nicht im Zentrum der zahlographischen Entwicklung. Konnte es sich denn die Gesellschaft erlauben, jedem, der ein bißchen Talent hatte, einen Freibrief auszustellen? Er jedenfalls konnte kein gesellschaftliches Bedürfnis nach Lösung dieses alten Kurzschen Problems erkennen.

Die grauen Novembertage bedrückten Margarete Tatenbruch. Papier und dürre Blätter raschelten in den Anlagen. Die Menschen zogen die Köpfe zwischen die Schultern und hasteten von den Haustüren zur Kaufhalle, von den Haustüren zur S-Bahn. Immer die gleichen Wege. Immer die gleiche Monotonie.

Margaretes Einraumwohnung war im Frühjahr vollständig renoviert worden. Lange hatte sie über Farbwirkung von Tapeten und Gardinen nachgedacht. Nun, da alles fertig war, blieb das erwartete Wohlbehagen aus. Sie fühlte sich in ihrer Wohnung eingekerkert, vom Leben abgeschnitten.

Margarete war so müde und resigniert, daß sie dem Alten die Antwort auf seine Frage, ob sie bereit sei, mit ihrer gesamten Abteilung in Richtung Meta-Makrologie zu marschieren, schuldig blieb. Daraufhin sagte der Alte zu seinem Stellvertreter, die Zeit sei reif, nein überreif und dränge zur Entscheidung.

Derartige Probleme klärte man in der VVB der Wissenschaften durch Umstrukturierung. Zwei Abteilungen wurden aufgelöst und zwei neue gegründet. Von einem Menschen im Alter der Tatenbruch könne man keine großen Umdenkprozesse mehr erwarten, sagte der Alte und gestattete ihr, die Arbeiten zum Kurzschen Problem ungestört weiter zu betreiben, als Hobbyforschung sozusagen.

Bei der nächsten Leitungssitzung im VZZ, an der Doktor Tatenbruch schon nicht mehr teilnahm, redete der Alte lange über notwendige Profilbereinigungen. Überhaupt, sagte er, müsse man das VZZ gesundschrumpfen. Dabei sah er im Kreis seiner versammelten Abteilungsleiter rundum.

Als Margarete ihren Mitarbeitern die Entscheidung des Alten mitteilte, lastete auf ihr die lähmende Empfindung, alles um sie herum habe schon gar nichts mehr mit ihr zu tun. Der Aspirant nicht, der aufbegehrte und etwas von „FDJ mobilisieren" murrte. Die anderen nicht, die überlegten, welche Konsequenzen sich für sie ergaben. Ihr Schreibtisch nicht, auf dem sich wie immer Papiere, Sonderdrucke, Bücher in hoffnungsloser Unordnung ausbreiteten. Aber auch ihre Hände nicht, die mit den Unterarmen schwer und schlapp auf der Tischplatte ruhten. Nicht einmal ihre Stimme erschien ihr sonderlich vertraut. Regelrecht unsympathisch war ihr der Klang der eigenen Stimme.

Da dringend Räume für Arbeitsbesprechungen gebraucht wurden, fragte man, ob es Margarete nicht möglich sei, an mehreren Tagen der Woche zu Hause zu arbeiten. Margarete entsprach diesem Wunsch mehr, als von ihr verlangt worden war. Sie wurde krank.

Margarete hatte lebenslang eine Furcht vor dem Sterben empfunden. Schon als Kind hatte sie manchmal nachts wachgelegen und vor Grauen geweint. Fieberhafte Phantasien hatten sie gequält, man könne sie für scheintot halten und lebendig begraben. Sie erinnerte sich an das dumpfe Poltern im Sarg des Onkels, der nur mühsam über die steile Treppe bugsiert werden konnte, an die Witze der Träger und an die eigenartige Trauer der Erwachsenen, die doch alle erleichtert waren, diesen unerfreulichen, übelriechenden alten Mann loszusein. Aber in diesem langen Winter einsam auf der Liege in ihrer Wohnung wollte es ihr bisweilen erscheinen, als habe der Tod all sein Grauen verloren. An Selbstmord dachte sie in dieser Zeit nicht mehr. Der Arzt sprach von vegetativen Störungen. Und das Blutbild mache ihm Sorgen.

Einmal erhielt Margarete Besuch von einer Abordnung ihrer Gewerkschaftsgruppe. Sie kochte Kaffee und lauschte den Berichten über die neuesten Geschehnisse im VZZ. Als die jungen Leute gegangen waren, empfand sie ihre Einsamkeit stärker als zuvor.

Zum Jahreswechsel beauftragte der Alte seine Sekretärin, Margarete eine Neujahrskarte mit den Unterschriften aller Abteilungsleiter zu schicken. Ursprünglich hatte er Margarete selbst besuchen wollen, aber die Termine der Planverteidigung wurden von denen der Jahresendberichterstattung abgelöst, ohne daß ihm die geringste Pause blieb.

Margarete trug dem Alten nichts nach. Sie gab ihm jetzt sogar recht. Selbst der Auswahl ihres Nachfolgers, den er kommissarisch eingesetzt hatte, konnte sie nur zustimmen. Es handelte sich um ihren ältesten Schüler. Er war also kein völliger Autodidakt, dachte sie mit einer Art romantischer Befriedigung.

Margarete hatte in jenem Frühjahr so viel Zeit zur

Forschung wie seit Jahren nicht. Es lagen auch keine inhaltlichen Hindernisse vor. Es ging im Grunde nur darum, ihre Ideen und Resultate zum Kurzschen Problem in einer Publikation darzustellen. Aber immer, wenn sie sich an den Schreibtisch setzte, war es ihr, als schnüre eine unsichtbare Faust ihre Kehle zu, als wäre alles, was sie begänne, völlig sinnlos. Diese psychologische Schranke wurde so mächtig, daß es sie äußerste Willensanspannung kostete, einige Zeilen und Formeln zu Papier zu bringen.

Manchmal fuhr sie hinaus vor die Stadt. In der Woche, wenn es draußen ruhig war. Von der Höhe öffnete sich die Sicht ins Land. Durch den Anblick der Weite lösten sich in ihrem Inneren irgendwelche Spannungen. Als würden Räume in ihr aufgetan, die sie lange verloren geglaubt hatte. Erinnerungsmomente aus der Kindheit. Bilder. Geräusche. Gerüche. Winzige Augenblicke, ganz gegenwärtig. Warum blieb gerade dies. Warum war es gerade jetzt wieder da. Schmerzhaft: die vielen Jahre, aus denen nichts blieb. Sie wußte natürlich, wie es im großen ganzen abgelaufen war, aber sie könnte es auch in einem Film erfahren haben.

Margarete Tatenbruch starb im Spätherbst, ohne ihre Arbeit über die Konsistenz im 3. Kurzschen Problem beendet zu haben.

Ihr Tod traf den Alten tief. Er empfand ihn als ein Signal dafür, daß nun seine Generation an der Reihe war abzutreten. Er versuchte energisch, diese unfruchtbaren Gedanken beiseite zu schieben.

Schließlich konnte er zufrieden sein, die Lage durch rechtzeitige Leitungsentscheidungen abgesichert zu haben.

Als aber der Sarg in den Boden gesenkt wurde, packte ihn ein furchtbares Grauen. Eine grenzenlose Verlassenheit hüllte ihn ein, und er ahnte, daß ihn dieses Gefühl begleiten würde, was er in Zukunft auch beginnen mochte.

Unverhoffter Besuch

Freitagabend kommt Britt. Unangemeldet. Unerwartet. Ungelegen. Und fragt: Ich störe doch nicht?

Ich bin kein Mensch, den man unangemeldet besucht. Jedenfalls tut es sonst niemand, auch Gustav nicht. Freitag ist sein Abend.

Britt hinterläßt ihre Schuhe im Flur, legt ihre Beine über die Armlehne meines Drehsessels und schwingt langsam her und hin.

Um nicht reden zu müssen – wie oft habe ich Gespräche falsch begonnen –, um also nichts zu verderben, beschäftige ich mich mit lauter Nebensächlichkeiten. Zünde Kerzen an. Streiche Kissen glatt. Ziehe Vorhänge zu. Schenke Kirschlikör ein. Stullen hole ich später. Aber keinesfalls bevor Britt sagt: Hab ich einen Hunger.

Als sich Britt eine von Gustavs Zigaretten aus der Schrankwand langt, weiß ich sie in nachsichtiger Stimmung. Sie hat Verständnis für mich, die ich in einer Erwachsenenwelt leben muß. Ahnt schon, mehr und mehr selbst betroffen, daß sich die Grenzen nicht weiten, sondern verengen.

Sie verzeiht mir, ehe ich noch daran denke. Beobachtet mich ein wenig spöttisch, wie ich den schwarzen Hörer aufnehme, die Nummer wähle und sage: Birgit Ellen ist bei mir. Macht euch keine Sorgen. Ich sage wirklich: Birgit Ellen. Mein Ton läßt keine Vertraulichkeiten zu. Keine Fragen. Keine Erklärungen. Britt sieht danach befriedigt aus und wird später von mir das Geld für die Rückfahrt annehmen. Insgeheim beneide ich sie. Ich bin niemals irgendwo davongelaufen. Ich wollte es immer allen recht machen.

Nun der Anruf bei Gustav. Diesen Abend bin ich nicht frei für ihn. Meine Stimme klingt forsch. Zu forsch vielleicht. Die Art und Weise, wie ich meine Souveränität zur Schau stelle, ist verdächtig. Noch traue ich mir nicht. Zu gegenwärtig: Meine Angst. Meine Einsamkeit. Meine Sehnsucht nach Schutz. Meine egoistische Sehnsucht nach Schutz. Mein Gefühl des Anspruchs. Meine Verletztheit, wenn mir etwas verweigert wurde. Selbstmitleid. Immer noch. Obwohl ich mich längst durchschaut habe.

Wir schlürfen Kirschlikör, knabbern Anisplätzchen und mustern uns verstohlen. Ich registriere die struppigen Haare, den verwaschenen Pulli und die nicht sonderlich reinen Röhren ihrer Hosenbeine. Es ist ihre Art, Haltung zu zeigen, nicht anders als ich mit meinem Make up, dem Nagellack und dem Hauch Parfümduft. So sitzen wir da, beneiden einander und geben es nicht zu.

Was soll das nun eigentlich alles, ich meine – wirklich – alles, fragt Britt.

Darauf weiß ich keine Antwort. Ich stelle diese Frage schon lange nicht mehr. Jedenfalls nicht so. Sie hat sich zerteilt in viele Fragen. Sich als unerschöpflich erwiesen. Vielleicht besteht ihr Wesen gerade darin, sie in immer neuer Gestalt zu begreifen. Aber das sage ich nicht, denn darauf muß man allein kommen, und Britt ist übersatt von Antworten auf Fragen, die sie nicht gestellt hat.

Britt besucht eine Spezialschule. Auf dem letzten Zeugnis hatte sie nur Einsen. Vom Sport ist sie durch Attest befreit. Sie läßt sich den Durchschnitt nicht verderben. Sie ist klein und mollig.

Ihr erster Freund war lang und mager. Manchmal wurde über sie gelacht, wenn sie nebeneinander gingen. Das hat er nicht ausgehalten. Das halten Männer nie aus.

Ihr zweiter Freund fand während seiner Armeezeit in Standortnähe eine andere. Britt spricht sachlich darüber. Dramen sind nicht modern. Vielleicht wäre es besser, sie könnte mal richtig heulen.

Ich habe mir meine Tragödien geleistet. Wandlungen vollzogen sich in mir. Schmerzhafte Wandlungen.

Britt sagt, sie sei glücklich, endlich die Pille ohne Einwilligung der Eltern nehmen zu dürfen. Ein Mädchen in ihrer Schule hat die zweite Unterbrechung hinter sich. Eine andere bekommt ein Kind.

Wenn Britt ein Kind bekäme, könnte sie nicht studieren. Britt verträgt die Pille gut.

In Britts Alter bin ich manchmal mit dem Abendzug in die Kreisstadt gefahren und in der Dunkelheit lange ziellos durch menschenleere Straßen geirrt. In jener Zeit begann die Angst. Das Gefühl, ausgeschlossen zu sein. Am Leben nicht teilzuhaben. Allein zu bleiben.

Auch Britt ist unruhig. Sie sehnt sich nach etwas und kann nicht sagen wonach. Hin und wieder überfällt sie eine grundlose Traurigkeit. Dann möchte sie sich am liebsten verkriechen. Eine ungeheure Begeisterungsfähigkeit liegt brach, weil sie dafür keine Verwendung weiß. Auf keinen Fall dürfte es organisiert werden, sagt Britt.

Ich hielt immer viel von Organisation. Ich hatte einen Lebensplan, und der ging auf. Der passende Mann. Im richtigen Jahr das richtige Kind. Wissenschaftliche Grade. Ein zunehmender Verantwortungsbereich. Ständig wachsende Bedürfnisse. Aber eines Tages, als es von mir hieß: Die hat es geschafft, war alles wieder da. Das Gefühl, das Leben würde von anderen irgendwo anders gelebt. Die Einsamkeit. Viel trostloser jetzt, da ich keinen Augenblick allein war. Die Angst, nicht zu genügen. Viel stärker jetzt, da ich scheinbar Erfolg um Erfolg verbuchte.

Britt kennt ihr Ziel noch nicht. Manchmal ist es, als kribbelten Ameisen in ihren Adern. Dann treibt es sie auf die Straße. Am Klubhaus hängt ein Schild:

Jugendtanz fällt heute aus. Das Schild hängt bereits drei Monate. Mit Freundinnen besucht sie Kneipen und Tanzlokale. Von den Jungen, die sie dort trifft, kennt sie oft nur die Spitznamen. Zuweilen finden sich mehrere zusammen, und sie fahren mit Motorrädern durch die umliegenden Dörfer. In solchen Augenblicken kann es geschehen, daß Britt ein helles Glück empfindet.

Ich wollte das Glück erzwingen. Ich habe alles zerschlagen, was sich mit meiner Unsicherheit, meiner Angst verband. Habe einen Scherbenhaufen hinterlassen und bin geflohen. Und mußte begreifen, daß ich nicht entfliehen konnte, weil ich alles in mir selbst trug.

Britts Eltern sind geschieden. Sie lebt bei ihrem Vater. Es war ihr eigener Wunsch. Jetzt kommt sie mit ihm immer schwerer aus, weil er nicht merkt, wie sehr sie schon sie selbst ist. Zu guten Leistungen und zu einer fortschrittlichen Haltung fühlt sie sich verpflichtet. Sie ist Mitglied der Ge-O-El. Bei meinen Leistungen und meiner gesellschaftlichen Arbeit kann mir gar niemand, sagt Britt. Und: Sie sollen sich nicht einmischen.

Man kommt gut allein zurecht, sage ich. Im Herbst werde ich für ein halbes Jahr nach M. fahren und eine Reihe von Vorträgen halten. Die werden ganz ordentlich, glaube ich. Vorher muß ich mir ein Kind wegmachen lassen.

Wir sehen uns an und sind begeistert. Jede ist es von sich. Und ich denke, daß es die einzige Art

Selbstzufriedenheit ist, die ich mir erlauben will. Wenigstens zur Zeit. Bis ich gelernt habe, in mir selbst heimisch zu werden.

Im Herbst muß sich Britt endgültig für eine Studienrichtung entscheiden. Sie würde gern Staatsanwalt wie ihr Vater. Aber dafür nehmen sie keine Mädchen. Britt sieht das ein. Sie sieht auch ein, daß sie bei fast allen Bewerbungen bessere Leistungen vorweisen muß als ein Junge. Frauen sind unökonomisch, sagt Britt.

Sie hat sich noch nicht entschieden. Wir werden ständig orientiert, sagt Britt. Vor lauter Orientierungen hast du schließlich den Eindruck, alle anderen sind dafür verantwortlich, was aus dir wird, nur du selbst nicht.

Mit ihrem Vater kann sie darüber nicht reden. Jedes Gespräch mit ihm endet in der Feststellung, wie gut sie es habe, wie dankbar sie sein solle und daß sie es mit hohen Leistungen abgelten müsse. Es ist ein Automatismus, sagt Britt.

Weißt du noch, deine Aufziehpuppe, sage ich.

Ein bißchen ähneln alle Erwachsenen Aufziehpuppen, meint Britt und vergißt, wie nahe das Erwachsensein ist.

Britt ist nicht undankbar. Aber sie will auch nicht dauernd dankbar sein. Sie möchte etwas ganz Eigenes. Sie wird sich auf die Suche begeben und merken, daß die Suche nie aufhört.

Es klingelt. Britt, in Gustavs Schlafanzug, mit hochgerollten Hosenbeinen, öffnet die Tür. Gustav sagt: Habe ich das nötig. Er riecht nach Bier und Rauch. Wer bin ich denn. Ein Niemand. Ein Nichts. Einer, den man abbestellt wie eine Suppe, auf die man gerade mal keine Lust hat.

Britt meint, er habe recht, und wir sollten Kaffee kochen. Sie behandelt uns ein bißchen von oben herab. Gerade so, daß es wohltut. Offensichtlich leidet sie nicht an jenem Unterlegenheitsgefühl Männern gegenüber, das mir bereits mit der Muttermilch eingeflößt wurde. Sie braucht später ihre Unabhängigkeit nicht hinauszuschreien. Sie kann sich normal verhalten. In diesem Punkt jedenfalls.

Als wir mit dem Kaffee kommen, liegt Gustav auf dem Sofa und schnarcht. Seine Kinnlade hängt herab, und er hat einen grauen Mitternachtsbart. Ich ziehe ihm die Schuhe aus und decke ihn mit einer Wolldecke zu. Zum erstenmal erkenne ich, daß er einfach ein Mensch ist. Ein verletzbarer Mensch. Einer mit Ängsten. Mit schlimmeren Ängsten, wegen der Rolle, die ich ihm dauernd zuschieben will. Ich küsse ihn auf die Stirn und denke, wir haben noch eine Chance.

Aus Matratzen und Kissen richten wir uns im Nebenzimmer auf dem Fußboden ein Lager. Ich halte Britt in den Armen, und wir flüstern noch eine Weile. Dann schläft sie ein, und ich liege ganz still, um sie nicht zu stören. Meine geliebte, geplante, verlorene Tochter Britt, die zu mir zurückgekehrt ist für diesen einen Augenblick.

Der kleine Prinz und das Mädchen mit den holzfarbenen Augen

Man sieht nur mit dem Herzen gut
Antoine de Saint-Exupéry

I

Es waren einmal ein Mädchen mit holzfarbenen Augen und ein kleiner Prinz, die vor langen, langen Zeiten ein böser Zauberer durch seinen Spruch weit hinaus in den Kosmos verbannt hatte.

Nun ist kein Zauberspruch so mächtig, daß es nicht einen Weg gäbe, ihn zu brechen. Meistens wird dieses Erlösungswerk als eine weibliche Angelegenheit angesehen. So verhielt es sich auch im vorliegenden Fall. Das Mädchen mit den holzfarbenen Augen hatte nichts weiter zu tun, als den im Kosmos versteckten kleinen Prinzen aufzuspüren und zu erkennen, was sich leicht ausspricht, wohinter sich aber in Wirklichkeit eine Aufgabe von gewaltiger räumlicher und seelischer Dimension verbarg. Die vorgeschriebene Zeit, in der dies erfüllt werden mußte, war auf die Lebensdauer einer Rose beschränkt und demnach knapp bemessen.

2

Der kleine Prinz wohnte auf einem Planeten, der war kaum größer als er selbst. Jeder hätte dem zarten Kerlchen zugetan sein müssen. Nur gab es dort niemanden weiter. Er lebte ganz allein. Morgens putzte er die Vulkane, die ihm gerade bis ans Knie reichten, goß seine Rose und säuberte den Planeten von Affenbrotbäumen, einem von außen eingeschleppten Unkraut, was besonders gefährlich war, da es schnell wuchs und seine Wurzeln den Planeten zu zersprengen drohten. Tagsüber sah er den Sonnenuntergängen zu, die sehr oft stattfanden, weil sich kleine Planeten so geschwind drehen. Er beobachtete die wilden Schwäne, die vorüberflogen, und die Farben der Landschaft, die sich ständig änderten.

Er hätte nicht zu sagen vermocht, ob er traurig oder fröhlich war. Er hatte noch keine Namen dafür, und es gab auch keinen Grund, welche zu erfinden, da sich niemand in seiner Nähe aufhielt, den es interessiert hätte. Aber manchmal weinte er. Immer nur wenige Tränen, die sich zu seinen Füßen sammelten und verdunsteten, bis der Salzgehalt des Bodens zunahm und die Rose ein welkes Blatt bekam.

Als der kleine Prinz diesen ersten Fall von Umweltverschmutzung auf seinem Planeten bemerkte, erschrak er, was für seine Weitsicht spricht. Er lockerte den Boden, brachte frisches Wasser, aber die Rose wollte sich nicht erholen, und der kleine Prinz lernte, daß man eine Rose nicht glücklich machen kann, wenn man selbst nicht froh ist. Er setzte sich ins Gras und dachte nach. Da fiel sein Blick auf eine kleine Schmetterlingspuppe, die in einem Blatthaus hing, welches durch feine Gespinstfäden zusammengehalten wurde. Etwas war in Bewegung geraten. Ein Riß. Ein Beinchen. Ein schwarzer Kopf. Heraus schob sich taumelnd der Falter, noch unansehnlich und zerknittert.

„Guten Tag", sagte der kleine Prinz.

„Einen Moment bitte", erwiderte der Falter, dem es peinlich war, bei seiner Geburt beobachtet zu werden. Er krabbelte in die Sonne, strich mit den Putzpfoten seine Flügel, die sich langsam entfalteten. Samtschwarz mit weißen Flecken, von einer zinnoberroten Binde durchschnitten. Er ließ sich Zeit. Putzte. Glättete. Stellte seine Flügel bald senkrecht, bald wieder zur Sonne.

„Guten Tag", sagte er schließlich, nachdem er sich ein wenig erholt hatte.

„Welch ein Wunder!" rief der kleine Prinz. „Niemals hätte ich in jener grauen Hülle solche Schönheit vermutet."

„Man muß sich nur entfalten", wisperte der Schmetterling und gaukelte in das Licht der eben wieder untergehenden Sonne.

Der kleine Prinz blickte ihm nach. Auch in ihm steckte manches, was ungenutzt verkümmerte. Fähigkeiten, die über das Entfernen von Affenbrotbäumen und das Beobachten von Sonnenuntergängen hinausgingen. Zärtlichkeiten, die einer Rose nichts nützten. Empfindungen, die nur leben konnten, wenn es jemanden gab, der ihm ähnlich war.

Was gälte die Schönheit des Schmetterlings, hätte es niemanden gegeben, der sie bewunderte. Sein bedeutete nicht nur existieren, sondern auch reflektiert werden. Sehen und gesehen werden. Formen und geformt werden. Ein inneres und ein äußeres Bild im Wechsel.

Der kleine Prinz lebte nur in sich. Er glich einer Knospe, in der alles angelegt war, die aber noch des Windes, der Sonne und des Regens bedurfte, um zu erblühen. Und es mußte auch den Frost geben und jemanden, der sich sorgte.

„Ein Menschlein! Ein winzig kleines Menschlein!“ riefen die wilden Schwäne, wenn sie vorüberflogen und ihn sahen.

Da begann er, sich nach den Menschen zu sehnen, die es irgendwo im Weltall geben mußte und denen er ähnelte. Er wünschte sich sehr, zu ihnen zu gehen und selbst ein Mensch zu werden.

3

Der kleine Prinz war über seine Vergangenheit vollkommen im dunkeln belassen worden. Er wußte nichts von einem Zauberspruch und hatte auch keine Ahnung, daß es ein Mädchen mit holzfarbenen Augen gab. Demzufolge waren seine Vorstellungen über die möglichen Wege in eine menschliche Existenz begrenzt. Er glaubte, er müsse wie alle anderen geboren werden.

Übrigens hatte der Zauberer bei seinen Sprüchen die Möglichkeit einer Geburt nicht ernsthaft in Betracht gezogen. Wohl bewandert in den Gesetzen der Wahrscheinlichkeitsrechnung, wußte er, daß nicht jeder einfach auf die Welt kommen konnte, wie er wollte.

In jener Zeit war das optimale Menschheitsspektrum berechnet, und eine zentrale interstellare Steuereinheit sorgte für die stete Nachführung, wobei eine sorgfältige Trendelimination erfolgte. Es würde also zu prüfen sein, ob sich eine Leerstelle für einen kleinen Prinzen fand.

Er mußte sich im zuständigen kosmischen Terminal bewerben. Dazu waren siebenunddreißig EDV-gerechte Formulare auszufüllen. Kurze Charakteristik der künftigen Persönlichkeitsstruktur. Angaben über geplante Verwandtschaft ersten und zweiten Grades. Zu erwartenden volkswirtschaftlichen Nutzen. Staatliche Auszeichnungen und Orden.

Außerdem war ein Beurteilung des zuständigen planetarischen Kollektivs beizubringen. Dieses bestand im Falle des kleinen Prinzen aus einer einzigen Blume, einer perlmuttfarbenen, ein wenig eitlen Rose, die daran gewöhnt war, sich von ihm bewundern zu lassen.

Diese Blume veränderte sofort ihren Duft, als sie

davon erfuhr. Sie wiegte sich den ganzen Tag hin und her und beobachtete ihn. Zwar fürchtete sie, von ihm verlassen zu werden, weil sie sonst niemanden hatte, aber die Sache mit der Beurteilung gefiel ihr. Sie war sich noch nie so bedeutsam vorgekommen.

Der kleine Prinz füllte alle Formulare mit seiner schönen Handschrift sorgfältig aus, was ihn merkwürdig ermüdete, mehr als die Morgentoilette seines Planeten, obwohl das Entfernen von Affenbrotbäumen gewiß keine leichte Arbeit ist. Aber die Befriedigung, wie sonst nach schwerem Werk, stellte sich diesmal nicht ein.

„Ich glaube fast, es ist nicht der Mühe wert", sagte er zu seiner Rose.

„Man sollte nicht jeder Stimmung nachgeben", erwiderte diese etwas spitz, denn es hätte sie sehr gekränkt, wäre ihre Beurteilung, über die sie ständig nachdachte, überflüssig geworden.

Die Aufgabe war für die Rose nicht einfach, da die „Kriterien: Einwanderung Leben" zu den „Höchstgeheimen Codeangelegenheiten" der interstellaren Behörde zählten. Eine völlig nichtssagende Beurteilung wollte sie nicht abliefern, denn immerhin war es die erste, die von ihr verlangt wurde. Gegen Abend übergab sie dem interstellaren Kurierdienst ein versiegeltes Päckchen.

In der Nacht entdeckte der kleine Prinz winzige Tröpfchen auf den Blättern seiner Blume.

„Es ist eine sehr taureiche Gegend hier", flüsterte sie verlegen.

Aber der kleine Prinz wußte, sie weinte, weil er sie verlassen wollte. Er nahm sie in die Arme und streichelte sie, obwohl er sich an den Dornen stach. „Es ist sehr gut möglich, daß ich es mir noch überlege", sagte der kleine Prinz, um sie zu trösten.

„Das hat keinen Zweck", schluchzte die Rose.

„Was hat keinen Zweck?"

„Daß einer bei jemandem bleibt, der ihm eine schlechte Beurteilung geschrieben hat", seufzte die Rose. „Schon morgen, noch bevor Sie mir zum erstenmal Wasser geben, werde ich nach diesen schlechten Eigenschaften bei Ihnen suchen, denn ich kann doch nicht ständig im Unrecht sein."

4

Es ist nachträglich schwer zu sagen, wie lange der kleine Prinz auf eine Antwort warten mußte. Auf jenem Planeten gab es keine Uhr, und nach den Sonnenuntergängen konnte man sich nicht richten, weil sie so oft stattfanden, daß es unmöglich war, sie zu zählen. Auch ist die dortige Zeitrechnung nur schwer mit der unsrigen vergleichbar. So gesehen war es sehr geschickt von dem Zauberer, die Erlösungsfrist auf die Blütezeit einer Rose festzulegen. Sosehr das Mädchen mit den holzfarbenen Augen bei seiner Kreuzfahrt durch das Weltall auch relativistische Zeitdilatationen vornehmen würde, die Lebensdauer einer Rose blieb absolut. Da ließ sich nichts mogeln.

Der kleine Prinz ertrug geduldig die Launen der Rose. Schließlich war sie seinetwegen in eine Lage gekommen, der eine Blume nicht gewachsen sein konnte. Außerdem bedrückte es ihn wie eine Schuld, daß er sie verlassen wollte. Aber seine Sehnsucht, ein Mensch zu werden, nahm ständig zu.

„Das wissenschaftliche Zeitalter hat den Sinn des Lebens geklärt", sagte ein Philosoph, der sich als Abgesandter der zentralen Steuereinheit vorstellte.

„Was ist das: Sinn des Lebens", fragte der kleine Prinz.

„Der Sinn des Lebens besteht darin, den Gesetzen der Wahrscheinlichkeitsrechnung zum Durchbruch zu verhelfen", erwiderte der Philosoph.

„Und das ist alles?" fragte der kleine Prinz enttäuscht.

„Alles!" schrie der Philosoph. „Das ist unvorstellbar viel. Ein Prozeß von ungefähr achtzehn Milliarden Jahren, mehr als hundert Milliarden Galaxien, jede mit schätzungsweise hundert Milliarden Sonnen."

Der kleine Prinz schwieg, da er sich so viele Milliarden wirklich nicht vorstellen konnte.

„Eine riesige Zufallskette. Elemente. Moleküle. Nukleinsäuren. Proteine. Replikation und Mutation. Kommunikation. Das Individuum ein Nichts. Die Wahrscheinlichkeit seiner Existenz praktisch Null. Nur der Prozeß zählt."

„Dann glauben Sie also nicht an die unsterbliche Seele?“ mischte sich die Rose ein.

„Nichts als Religion“, erwiderte verächtlich der Philosoph, der eine Diskussion mit einer Rose für völlig sinnlos hielt. „Wenn Sie geboren sind“, sagte er zu dem kleinen Prinzen, „werden Sie nichts weiter darstellen als eine vernachlässigbare Verschmutzung des Weltalls. Nur können Sie das dann nicht begreifen. Sie werden sich ‚Ich‘ nennen, und Ihre Existenz wird Ihnen ungeheuer bedeutend erscheinen.“

„Aber auch diese Rose wird traurig sein, wenn ich nicht mehr hier bin“, wandte der kleine Prinz ein.

„Papperlapapp“, sagte der Philosoph ungeduldig. „Es gilt, in Ihnen rechtzeitig wissenschaftliche Denkhaltungen zu festigen. Wenn Sie erst geboren sind, ist es zu spät.“

„Und was ist das: eine wissenschaftliche Denkhaltung?“

„Das bedeutet, sich nicht unberechenbaren Stimmungen hingeben, sondern seinen Hormonhaushalt auf das berechnete Optimum einstellen.“

„Und wer berechnet das?“

„Die intergalaktische Zentraleinheit. Sie hat eine Speicherkapazität von zehn hoch zehn hoch ... hoch zehn Lichtbytes. Die Ausgabe der optimalen Werte erfolgt täglich über die Individualterminals.“

„Und darf dann noch jemand Rosen lieben“, fragte die Rose aufgeregt dazwischen.

„Die Menge der zulässigen Lösungen hängt von der jeweiligen bevölkerungspolitischen Situation ab", erwiderte der Philosoph.

„Ich liebe Sie. Immer", sagte der kleine Prinz zu der Rose. Und das wurde für ihn zu einer elementaren Frage der Selbstbehauptung.

„Typischer Fall von genetischer Selbstüberschätzung. Dabei ist das alles so einfach", murmelte der Philosoph.

Als er zum Aufbruch rüstete, hielt ihn der kleine Prinz nicht zurück.

5

Nach der Abreise des Philosophen wäre es auf dem Planeten des kleinen Prinzen beinahe zu einer Katastrophe gekommen. In seiner Verwirrung über das seltsame Gespräch hatte der kleine Prinz am Morgen einen Affenbrotbaum übersehen. Dieser begann sofort zu treiben, und seine Wurzeln drangen tief in das Innere des Planeten ein. Der kleine Prinz bemerkte es am Ausbruch des mittleren Vulkans, der als erloschen gegolten hatte. Er schützte seine Rose vor den heißen Dämpfen, indem er sie mit einer Glasglocke bedeckte, und kämpfte Tag und Nacht gegen das wuchernde Ungetüm. Um größere Schäden am Planeten zu vermeiden, mußte er den Baum in Scheiben roden, und dabei galt es, schneller zu arbeiten als der Baum nachwuchs. Erst am dritten Tag konnte der Planet als gerettet gelten. Der kleine

Prinz war sehr erschöpft. Die Rose hielt ihm vor, er habe sie leichtfertig in Gefahr gebracht. Er aber fühlte sich glücklich und zufrieden wie seit langem nicht. Mit letzter Kraft nagelte er eine der großen runden Holzscheiben an den Baumstumpf und schrieb darauf: „Kein Zugang für Philosophen!"

Sonderbarerweise war es gerade dieses Verbotsschild, das dem kleinen Prinzen immer wieder seine Einsamkeit vor Augen führte, denn in der folgenden Zeit kam weder ein Philosoph noch sonst irgend jemand. Nur die wilden Schwäne zogen weit draußen vorbei. Als er merkte, daß die Traurigkeit wiederkehrte, winkte er den Vögeln und fragte sie nach den Menschen.

„Guten Tag", zischten die Schwäne. Sie waren verärgert, weil sie gedacht hatten, der kleine Prinz wollte sie füttern. Es gab aber auf diesem Planeten sehr wenig, was sich als Futter für Schwäne geeignet hätte. Der kleine Prinz fürchtete sich ein bißchen, denn im Vergleich zu ihm waren sie sehr groß, und wenn sie die Hälse bogen, sahen sie ziemlich angriffslustig und gefährlich aus.

„Der Zweck des menschlichen Daseins ist es, Schwäne zu füttern", fauchten die Vögel und zogen kraftvoll in schneeweißer Kette davon. Der kleine Prinz sah ihnen bewundernd nach. Er wollte ihnen gern glauben. Einmal, weil sie so schön waren, und zum anderen, weil ihre Geschichte ihm viel besser gefiel als das, was der Philosoph gesagt hatte.

6

Eines Tages erhielt der kleine Prinz eine Vorladung zum kosmischen Terminal der zentralen Steuereinheit „Humanspektrum“. In einem langen weißgetünchten Gang saßen die Menschenanwärter auf grauen Holzbänken. Der kleine Prinz erhielt die Nummer c Strich Siebenbillionensieben und mußte warten. Es roch nach Bohnerwachs und Schweiß. Eine Neonröhre ging in regelmäßigem Rhythmus an und aus. Irgendwo im Weltall trillerte eine Lerche. Aber nur der kleine Prinz vernahm es. Er hatte ein sehr feines Gehör.

An einer Wandtafel stand mit roten Buchstaben die Losung: Es LEBE DAS SYSTEM ZITEK! Darunter etwas kleiner: Die zweckgerichtete intensivierte terrestrische Evolutionskonzeption weist den Weg.

„Was bedeutet das?“ fragte der kleine Prinz das Mädchen mit der Nummer c Strich Siebenbillionensechs, das an seiner linken Seite saß.

Das Mädchen hatte flachsblondes Haar, und seine Augen schimmerten in einer ganz und gar unerlaubten Farbe, die man nicht benennen konnte und die am ehesten der Farbe frischgeschnittenen Holzes glich. Aber immer, wenn man sich auf eine bestimmte Holzsorte festgelegt hatte und erneut den Augen des Mädchens begegnete, wurde man wieder unschlüssig. Wegen dieser Augen würde es auf jeden Fall abgewiesen werden.

Das Mädchen schaute in die Richtung, die der

kleine Prinz mit der Hand wies, und lächelte, denn es besaß die Gabe, etwas zu sehen, was niemand sonst sah. Man würde von ihm sagen, es sei nicht ganz richtig. Dem kleinen Prinzen kam das Mädchen merkwürdig vertraut vor. Wie ein sehr fernes Erinnerungsbild, das undeutlich wird, sobald man versucht, es zu halten.

„Heute muß es geschehen", sagte das Mädchen zu dem kleinen Prinzen.

„Was muß geschehen?"

„Ein Prinz soll vorüberkommen. Ich warte und warte. Vertausche meine Nummer und warte. Heute aber muß es geschehen", erwiderte das Mädchen.

„Wirst du ihn erkennen", fragte der kleine Prinz und errötete.

„Natürlich", sagte das Mädchen und blickte ihn erstaunt an. Es küßte den kleinen Prinzen auf die Stirn, und danach vertauschte es erneut seine Nummer weit nach hinten, was streng verboten war.

Wir, die wir mit den Hintergründen vertraut gemacht worden sind, verspüren an dieser Stelle wohl den Wunsch, das Mädchen aufzuhalten. Aber bevor wir in die Geschichte eingreifen dürften, müßten wir die Frage beantworten, wie oft wir selbst dem kleinen Prinzen begegnet sind, ohne ihn zu erkennen.

Das Mädchen mit den holzfarbenen Augen hatte die Weiten des Weltalls durchstreift und Mühen und Entbehrungen auf sich genommen. Aber unvermutet am Ziel angelangt, war es nicht darauf gefaßt, das Besondere so unauffällig vorzufinden.

7

Der Zentralhauptbearbeiter saß hinter seinem Schreibtisch und trank schwarzen Kaffee. Der Computerausdruck der genetischen DNS-Struktur des kleinen Prinzen lag vor ihm. Drei Millionen Nucleotidpaare waren auf ihre Anordnung hin zu überprüfen.

„Eine Scheißarbeit", schimpfte der Zentralhauptbearbeiter. „Einer fast wie der andere. So ein Aufwand um nichts." Er wütete, denn sein Neuerervorschlag, den vollständigen Übergang zum optimalen Einheitsmenschen mit einem stochastischen Suchverfahren in kürzester Zeit zu vollziehen, war in den übergeordneten Leitungsebenen versandet. Nicht einmal der Nachweis einer hervorragenden Konvergenzgeschwindigkeit hatte genützt. „Eine Scheißarbeit."

„Verzeihung, aber wieso machen Sie das dann?" fragte der kleine Prinz.

„Ich erfülle meine Pflicht", sagte der Zentralhauptbearbeiter nicht ohne Würde. Bei dieser Antwort beruhigte er sich etwas.

„Was ist das: Ihre Pflicht?"

„Meine Pflicht ist es, an dem Platz, auf den ich gestellt werde, meine Aufgaben zu erfüllen. Und hier ist es meine Aufgabe, Fragen zu stellen, und nicht Ihre. Name?"

Der kleine Prinz schwieg verwirrt. Er hatte noch keinen Namen. Er war noch für niemanden zum

Begriff geworden. Nur für seine Rose. Aber die kam ohne Namen aus.

„Pilotanlage c Strich Siebenbillionensieben", schrieb der Zentralhauptbearbeiter auf einen Lochstreifen, als der kleine Prinz nicht antwortete.

„Wieso Pilotanlage?"

„Ja, wissen Sie denn nicht, was Sie sind?" sagte der Zentralhauptbearbeiter erstaunt und lehnte sich in seinem Sessel zurück. „Ihr Herstellungsdatum liegt immerhin schon eine Weile zurück. Sie scheinen etwas unreif zu sein. Hatten Sie denn auf Ihrem Planeten keinen Kontakt?"

„Doch. Einmal kam ein Philosoph vorüber."

„Ach, ein Philosoph!" Der Zentralhauptbearbeiter winkte verächtlich ab. „Wir müssen Ihnen einen Erzieher schicken. Also, damit wir uns recht verstehen, Sie sind ein Entwurf. Ein Modell, wie sie von der Abteilung Simulation zur Rationalisierung unserer Arbeit hergestellt und auf den kleinen Planeten gelagert werden."

„Simulieren Sie auch Rosen?" fragte der kleine Prinz schnell. Und diese Frage hatte für ihn eine außerordentliche Bedeutung.

„Rosen – nein. Wie kommen Sie auf Rosen? Das Ziel unserer Überprüfung ist es, herauszufinden, ob Sie geeignet sind, eine Stelle im optimalen Individualspektrum zu füllen. Andernfalls hat sich Ihre Funktion als Modell erfüllt, und Ihr genetischer Code wird gelöscht."

8

Zwei Wärter schnallten den kleinen Prinzen an einen Stuhl und befestigten mit schnappenden Gummibändern kleine nadelförmige Elektroden an seinem Kopf. In einer Ecke des halbdunklen Raumes saß ein Soziator.

„Schließen Sie die Augen und entspannen Sie sich", sagte der Soziator zu dem kleinen Prinzen. „Ich fertige jetzt ein Persönlichkeitsbild an."

Ein automatischer Schreiber zeichnete eine zakkige Kurve auf einen Papierstreifen. „Bei der Interaktion dieser Persönlichkeit mit dem umgebenden Sozialraum kam es zur Ausbildung einer psychopathologischen Symptomatik", diktierte der Soziator in ein Sprechgerät, das mit dem Computer verbunden war.

„Wie bitte?" fragte der kleine Prinz.

„Sie sind krank."

„Wieso?"

„Krankheit liegt vor, wenn der Erkenntnisprozeß derart eingeschränkt ist, daß die Normen im Verhältnis des einzelnen zur Umwelt nicht eingehalten werden."

„Und wer legt die Normen fest?"

„Die intergalaktische Zentraleinheit. In Ihrem Fall handelt es sich um einen Verstoß gegen die Optimismusnorm. Ich möchte wetten, Sie weinen manchmal."

„Ja. Aber nicht sehr oft", sagte der kleine Prinz.

„Machen Sie sich keine Sorgen", tröstete ihn der Soziator. „Die therapeutischen Möglichkeiten sind ausgezeichnet. Koagulation im ZNS-Bereich. Vollkommen unblutig." Er schaltete ein neues Gerät mit einem grünlichen Bildschirm ein. „Ich unterziehe Sie jetzt einem Belastungstest. Bitte sprechen Sie mir nach: Ich glaube an das große Ganze."

„Was ist das?" fragte der kleine Prinz.

„Das ist nicht wichtig", sagte der Soziator. „Stellen Sie sich vor, was Sie wollen. Aber sprechen Sie mir nach: Das große Ganze ist die Wahrheit, die alle Wahrheiten enthält."

„Welchen Sinn soll das haben?" fragte der kleine Prinz.

„Es hat überhaupt keinen Sinn. Es ist ein Test", seufzte der Soziator und diktierte: „Alphakoeffizient unter dem Schwellwert. Verhalten in Bewährungssituationen nur mit großer Irrtumswahrscheinlichkeit prognostizierbar."

9

Der kleine Prinz mußte in einem Vorzimmer auf Bescheid warten. Erst glaubte er, in dem kahlen, mit Bretterstühlen unterschiedlicher Machart möblierten Raum allein zu sein. Dann entdeckte er die samtgraue Maus mit rosafarbenem Schnäuzchen, die an einem Speckstreifen nagte.

„Guten Tag", grüßte der kleine Prinz.

„Guten Tag. Wie fühlen Sie sich?" erkundigte sich die samtgraue Maus.

„Oh, ich bin wohl ein wenig verwirrt", erwiderte der kleine Prinz.

„Sie müssen Verständnis haben."

„Was ist das: ‚Verständnis haben'?"

„Alles wissen bedeutet, alles verstehen."

„Es scheint, ich weiß noch ziemlich wenig", murmelte der kleine Prinz. „Zum Beispiel wüßte ich gern, ob der Zentralhauptbearbeiter ein Mensch ist."

„Ach ja", seufzte die samtgraue Maus, „das Geschichtsbewußtsein ist völlig auf die Katz gekommen. Wie sollen die Leute Verständnis haben, wenn sie den großen Prozeß der Evolution nicht kennen. Dabei gibt es genügend Literatur. Ich habe gewiß schon in zwanzig verschiedenen Biographien allein dieses Zentralhauptbearbeiters mein Nest gehabt."

Der kleine Prinz schämte sich seiner Unbildung. „Auf meinem Planeten ist nur für ganz wenige Bücher Platz. Es ist nämlich alles sehr klein dort", sagte er bescheiden. „Zwanzig Biographien würden bereits zu Bahnabweichungen führen."

„Gibt es auf Ihrem Planeten Speck?"

„Nein. Für eine Schweinezucht wäre es viel zu eng."

„Sie Ärmster", sagte die samtgraue Maus mitleidig. Sie zog den Speckstreifen in eine bequemere Lage. „Sie haben keinen Speck und wissen weniger von der Welt als eine Maus.

Der Zentralhauptbearbeiter ist ein Ewiger", fügte sie nach einer Weile hinzu.

„Was ist das: ein Ewiger?" fragte der kleine Prinz.

„Versuchen Sie mal, um ein paar Jahrtausende zurückzudenken. Bis in die Mitte des zweiten Plastzeitalters etwa. Was sehen Sie da?"

„Ich weiß nicht", sagte der kleine Prinz, der gar nichts sah.

„Sie können doch unmöglich Synthedicus, den berühmten Erfinder der Menschenersatzteile, übersehen."

„Ach so." Der kleine Prinz staunte, denn er besaß nicht die Fähigkeit, durch die Zeit zu sehen.

„Und was ist zur Technologie zu sagen", fragte die samtgraue Maus.

„Vielleicht: ziemlich primitiv", riet der kleine Prinz.

„Sehr gut. Und reichen die Ersatzteile für alle?"

„Sicher nicht. Man fängt ja gerade erst damit an."

„Und wem würden Sie die Ersatzteile, die nicht für alle reichen, zuerkennen?"

Der kleine Prinz fand diese Frage sehr schwierig. Er dachte lange nach. Manchmal neigte er schon dazu zu sagen, er sei überhaupt gegen Ersatzteile. Im nächsten Moment erschien ihm diese Antwort wieder nicht stichhaltig. „Vielleicht", bemerkte er zögernd, „vielleicht jemandem, der für alle anderen sehr wichtig ist. Zum Beispiel einem, der die Technologie weiterentwickeln könnte."

„Sie würden also die Menschen in wichtige und weniger wichtige einteilen.“

„So habe ich das nicht gemeint“, stammelte der kleine Prinz.

„Ach was. Sie könnten gar nichts anderes tun.“

„Und so sind also heute alle Menschen künstlich?“ fragte der kleine Prinz.

„Nein. Nur die Ewigen. Das waren die ersten, die mit Ersatzteilen versehen wurden und die dadurch Unsterblichkeit erlangten. Man ordnet sie deshalb nicht mehr den Menschen zu.“

„Reichen die Ersatzteile demnach immer noch nicht für alle?“

„Oh, doch“, sagte die samtgraue Maus. „Aber überlegen Sie, was passieren würde, rüstete man alle Menschen damit aus!“

„Es würde niemand mehr sterben.“

„Und!“

„Irgendwann wäre für neue Menschen kein Platz mehr vorhanden.“

„Und!“

„Ich weiß nicht weiter“, sagte der kleine Prinz.

„Richtig“, rief die samtgraue Maus erfreut. „Es ginge überhaupt nicht weiter. Die Evolution wäre beendet. Deshalb ist es notwendig, daß die Menschen nach wie vor sterben. Natürlich hat sich die optimale Lebenserwartung, die von der zentralen Steuereinheit berechnet und kontrolliert wird, im Laufe der Zeit nach oben verschoben. Dies erfordert allein schon der Wissenszuwachs. Die Menschen müssen heute zweihundertfünfzig Jahre die Schule besuchen, um wenigstens das allernötigste Grundwissen zu erwerben. Aber wirklich nur das allernötigste."

Die Stimme der samtgrauen Maus bekam plötzlich etwas Klagendes. „Von uns Mäusen beispielsweise erfahren sie gar nichts. Wir gelten nämlich als ausgestorben. Ich bin die letzte meiner Art", fügte sie mit verschämtem Stolz hinzu.

10

Über Lautsprecher ertönte eine Stimme: „Nummer c Strich Siebenbillionensieben bitte in Kabine dreizehn melden!"

Über den Bildschirm von Kabine dreizehn erhielt der kleine Prinz folgende Auskunft: „... bedauern wir, mitteilen zu müssen, daß das präsentierte Genmaterial nicht den Anforderungen entspricht. Umfangreiche Computerauswertungen ergaben eine Neigung zu unkonstruktiven Fragen als dominante Eigenschaft. Allerdings ist die Eignung zur produktiven Holzfällerarbeit ein positiver Aspekt. Auch die Anlage zum stabilen Familienleben würde man gegebenenfalls beibehalten können. Die Übergangsperiode von der zweckgerichteten Selektion zur systematischen Mutation und der damit verbundene Entwicklungszuwachs der Genchirurgie läßt eine partielle Verwendung in naher Zukunft möglich erscheinen. Deshalb wird vom endgültigen Löschen des Codes zunächst abgesehen. Wir bitten, sich auf Abruf bereit zu halten. Zwischenzeitlich erfolgt die Applikation der Erziehungsstufe drei."

Als der kleine Prinz die Kabine dreizehn verließ und wieder in das Vorzimmer eintrat, kniete dort das Mädchen mit den holzfarbenen Augen und streichelte die samtgraue Maus. Diese aber rührte sich nicht. Der Speck, an dem sie genagt hatte, gehörte zu einer Falle. Die letzte der samtgrauen Mäuse war tot.

„Sie hatte so viel Verständnis", sagte der kleine Prinz. Aber das Mädchen beachtete ihn nicht.

II

Nach diesem Erlebnis hätte der kleine Prinz gern mit jemandem gesprochen, aber außer dem Mädchen kannte er nur einen Philosophen und wilde Schwäne. Gespräche mit Philosophen, deren geheimste Gedanken nicht auf der Höhe der Zeit sind, haben wenig Sinn, und die Sicht von Schwänen eignet sich leider nur für Vögel.

Als er sich seinem Planeten näherte, sah er, daß dort alles in Ordnung war. Die Wolke, die er gebeten hatte, seine Blume zu versorgen, regnete gerade. Im Licht des Sonnenuntergangs spannte sich ein Regenbogen. Die Rose duftete seiner Ankunft entgegen, obwohl sie ihre Freude zu verbergen suchte, weil sie ihm wegen seiner langen Abwesenheit zürnte. Sogar die Affenbrotbäume hatten sich diszipliniert verhalten.

„Lieben Sie mich?" fragte die Rose, und ihre Stimme zitterte.

Der kleine Prinz wußte nicht genau, ob das Liebe war, was er für die Rose empfand. Er wußte überhaupt nicht, ob man das, was man für eine Rose empfindet, Liebe nennen kann. Aber er gehörte nicht zu jenen herzlosen Gesellen, die in solchen Situationen buchhaltend ihre Worte wägen.

„Ich liebe Sie", sagte er, und als er es sagte, entsprach es der Wahrheit. Da wurde sein Herz leicht. Denn welche Bewandtnis es auch immer mit seiner Herkunft haben mochte, die Liebe zu einer Rose hing ganz allein von ihm selbst ab. Er krempelte die Ärmel seiner Jacke hoch und briet sich auf dem mittleren Vulkan zwei Spiegeleier.

12

Die Tage kamen und gingen. Aber nichts war mehr wie früher. Alles hatte eine neue Bedeutung.

Der kleine Prinz grübelte und grübelte. Und es konnte sogar geschehen, daß er einen Sonnenuntergang verpaßte oder seiner Rose gereizte Antworten gab.

„Die Welt wird immer unschärfer", sagte diese einmal.

„Sie benötigen eine Brille", erwiderte der kleine

Prinz, dem einfiel, daß sie für eine Blume schon nicht mehr zu den Jüngsten zählte.

Die Rose schwieg gekränkt. Aber als sie eines Tages einen Trauermantel beim Anflug mit einer Hummel verwechselte, gab sie nach und fand sich dazu bereit einzugestehen, daß es an ihr lag und nicht an der Welt. Ihre äußeren Blütenblätter kräuselten sich vor Kummer. „Sie lieben mich nicht mehr“, klagte sie. Schon immer verzehrte sie eine heimliche Sehnsucht nach romantischen Liebeserklärungen.

„Verzeihen Sie mir“, sagte der kleine Prinz.

„Nein, nein! Sie lieben mich nicht mehr.“

„Natürlich liebt er Sie“, sagte das Mädchen mit den holzfarbenen Augen. Es kam gerade auf dem Planeten an und schien sehr erschöpft. Seine Füße bluteten. Auf allen größeren Planeten hing sein Bild. Nachdrücklich wurde auf die ungehörige Farbe seiner Augen hingewiesen. Man suchte das Mädchen, um es in Gewahrsam zu nehmen, weil es durch Nummerntausch das System ZITEK durcheinandergebracht hatte. Erheblicher Sachschaden war entstanden.

„Wie sollte er mich lieben!“ jammerte die Rose. „Meine Blätter welken. Mein Duft wird matt.“

„Hat er nicht die Erde zu ihren Füßen gelockert und gegossen? Hat er nicht die Raupen von Ihnen ferngehalten und Ihre Launen ertragen? Ist er nicht durch seine Liebe er selbst geworden?“

„Aber wie soll ich das erkennen, wenn meine

Augen schwächer und schwächer werden!" klagte die Rose.

„Man sieht nur mit dem Herzen gut", erwiderte das Mädchen mit den holzfarbenen Augen.

Da dachte die Rose nun doch an die Fürsorge des kleinen Prinzen, an seine Freundlichkeit, an seine Geduld, und sie schämte sich.

Das Mädchen blieb einige Wochen. Der kleine Prinz pflegte es, strich kühlende Salbe auf die schmerzenden Stellen und kochte Fliedertee zur Nacht. Als es sich ein wenig erholt hatte, begann es zu erzählen. Auf seiner Suche nach einem Prinzen war es weit umhergekommen und hatte viele Geschichten und Sagen gehört.

„Sie handeln von unserer Herkunft", sagte das Mädchen mit den holzfarbenen Augen.

„Ich kenne eine amtliche Darstellung", erwiderte der kleine Prinz.

Aber das Mädchen interessierte sich nicht für amtliche Darstellungen. Es erzählte von einer bunten Welt, in der es Böses und Gutes gab, in der Feigheit und Mut, Leben und Tod, Verrat und Treue, Feindschaft und Liebe herrschten. Auch ein Zauberer kam vor. Der kleine Prinz saß still und lauschte der wundersamen Mär, und Freude erfüllte ihn.

An einem Abend sang das Mädchen ein Lied, in dem von einem verwunschenen Prinzen die Rede war und von einem Mädchen, das ihn eines Tages erlösen würde. Es schloß die Augen, wiegte leicht den Oberkörper hin und her, und seine Stimme, die ganz aus dem Innern zu kommen schien, wurde immer leiser.

Der kleine Prinz hätte gern das Lied verstanden, aber er spürte, daß er nicht stören durfte.

„Sie glauben doch nicht etwa an Märchen?" fragte die Rose.

„Das ist nicht wichtig. Es gehört dazu", erwiderte der kleine Prinz.

Plötzlich verstummte das Mädchen, öffnete die Augen und sagte mit veränderter heller Stimme: „Es soll ein Prinz kommen."

„Wirst du ihn erkennen?" fragte der kleine Prinz und errötete.

„Natürlich", antwortete das Mädchen und sah ihn erstaunt an.

„Könnte es nicht ein ganz kleiner Prinz sein?" fragte der kleine Prinz.

„Die Größe spielt keine Rolle", sagte das Mädchen und verabschiedete sich, weil es sich erneut auf die Suche begeben wollte.

„Bleib bei uns!" bat der kleine Prinz.

„Bleib bei uns!" bat die Rose.

Aber das Mädchen, das so viel wußte und doch nicht alles verstanden hatte, machte sich wieder auf den Weg. Es würde weiter, Sehnsucht und Unrast verbreitend, durch die Welt wandern. Und wenn irgendwo eine große Entdeckung gemacht wird oder ein bedeutendes Kunstwerk entsteht, so ist – da kann man sicher sein – das Mädchen mit den holzfarbenen Augen vorübergekommen.

13

Die Nächte waren schon empfindlich kalt. Eines Morgens standen die Birken verschämt geneigt in goldenen Festkleidern da. Rot leuchteten die Hagebutten vom Hang des mittleren Vulkans. Die Rose legte jetzt ihren Flor aus zarten Tautropfen auch tagsüber nicht ab. Sie wirkte sehr schutzbedürftig. Der kleine Prinz mußte für den Winter rüsten. Er baute eine Blockhütte und ein Rosengewächshaus.

Einmal, als er vom Holzfällen zurückkam, saß der angekündigte Erzieher vor dem Gewächshaus.

„Sie sollten Ihre Stacheln nicht so demonstrativ zur Schau stellen", sagte der Erzieher zur Rose. Diese schwieg verstockt. Daran erkannte der kleine Prinz, daß der Erzieher bereits eine Weile am Werk gewesen sein mußte, denn sie nahm es sonst nicht unwidersprochen hin, wenn jemand ihre Stacheln Stacheln nannte.

„Die Rolle der Erziehung nimmt ständig zu", sagte der Erzieher. „Praktisch kann heute niemand aus dem Erziehungsprozeß entlassen werden."

„Wird denn keiner mehr erwachsen?" fragte der kleine Prinz.

„Aber ja, erwachsen werden bedeutet, sich an die unaufhörliche Erziehung gewöhnen. Nehmen wir nur diese Rose. Die ist zwar, wie man deutlich sieht, nicht die jüngste, aber auf keinen Fall erwachsen. Ihr fehlt die Erziehung. Sie hätte lernen müssen, daß es ihr nur Nachteile bringt, wenn sie ihrer Umwelt

Stacheln zeigt. Sie würde diesen Mangel verbergen und allmählich vergessen, was Stacheln sind."

„Dann wäre sie genug erzogen?"

„Keinesfalls, ihr Erziehungsstand müßte regelmäßig analysiert werden. Erfahrene Erzieher müßten ihr kameradschaftlich zur Seite stehen."

Er erhob sich und umrundete den Planeten einige Male auf der Höhe des Äquators. Schließlich blieb er stehen und sagte zu dem kleinen Prinzen: „Ich bin gekommen, um dich zu erziehen."

„Ich habe keine Stacheln", erwiderte der kleine Prinz.

„Das ist bekannt. Alles gespeichert. Dir sind die Fragen abzuerziehen."

„Aber ich weiß noch sehr wenig. Wie soll ich die Welt kennenlernen, ohne zu fragen?"

„Man wird dich genau das lehren, was für dich gut zu wissen ist. Du mußt nur Vertrauen haben."

„Und sind denn überhaupt keine Fragen erlaubt?"

„Gewiß doch. Aber nur solche, auf die du die Antwort selbst weißt."

„Welchen Sinn hat es denn, Fragen zu stellen, wenn man die Antwort selbst weiß!"

„Einen großen. Man antwortet dir, und du bist befriedigt, es bereits gewußt zu haben. Der Befragte spürt, wie gut du ihn verstehst und wie sehr ihr einer Meinung seid. Kurz, solche Fragen tragen zur allgemeinen Zufriedenheit bei."

„Und sonst?"

„Sonst könnte der Fall eintreten, der Befragte ist um eine Antwort verlegen. Dann war die Frage unkonstruktiv und eine Provokation."

„Was ist das: eine Provokation?" fragte der kleine Prinz.

„Willst du nun geboren werden oder nicht?" fragte der Erzieher etwas ungehalten dagegen. „Die Teilnahme an der Erziehung ist vollkommen freiwillig."

„Ich weiß nicht", murmelte der kleine Prinz.

14

Als der erste Schnee die Vulkane mit weißen Krausen schmückte, hustete die Rose ein bißchen, und es wurde offenbar, daß sie das Frühjahr nicht erreichen würde.

Den ganzen Winter hindurch kam niemand vorbei. Sie schwiegen viel, denn manches, was sie früher gesagt hatten, erschien ihnen jetzt belanglos. Der kleine Prinz wußte, es würde einen neuen Sproß, eine neue Blüte geben. Vielleicht nicht weniger prächtig. Aber es würde nicht dasselbe sein. Über allem lag ein Hauch Vergänglichkeit. Der perlmuttfarbene Schmelz wurde stumpf. Aber das war nicht wichtig. Zählte nicht. Schon herrschten die Erinnerungen. Nichts konnte mehr ungeschehen gemacht, nichts mehr zugedeckt werden. Ein Gemälde, dessen Schöpfer den Pinsel aus der Hand gelegt hatte.

Wäre jemand gekommen, hätte er wahrscheinlich gefragt, warum der kleine Prinz so viel Aufhebens um eine unnütze welke Rose mache, sie an ihrem Platz belasse, wo sie neuen Austrieben hinderlich sei. Man müsse sie abschneiden und könne sie ja, wenn man sie schon nicht wegwerfen wolle, etwas abseits in ein Glas stellen. Aber es kam niemand, und die Tage des Winters vergingen ohne Spur.

Als es anfing zu tauen und das Schmelzwasser vom Dach tropfte, erschauerte die Rose, und der kleine Prinz merkte, wie schrecklich verlassen sie sich fühlte und wie sie sich vor der Nähe des Todes fürchtete.

Er kniete neben ihr und begann leise zu reden. Erst langsam, stockend, jedes Wort wägend. Dann immer leichter und freier, und er erzählte ein Märchen von einem verzauberten Prinzen, der eine Rose liebte und der ein Mensch werden wollte, und von einem Mädchen mit holzfarbenen Augen, das ihn dreimal nicht erkannte. Um die dunklen Gedanken der Rose zu durchbrechen, erfand er die wunderlichsten Begebenheiten mit geheimnisschweren Bedeutungen.

Und wie er so sprach, kam ihm der Falter in den Sinn, den er einmal bei seiner Geburt beobachtet hatte, und er begriff, daß es bei ihm selbst lag, ein Mensch zu werden.

AtV

Band 1240 **Jeannette Lander**

Die Töchter

Roman

231 Seiten

12,90 DM

ISBN 3-7466-1240-3

Ein Brief aus Warschau war das letzte Lebenszeichen des Vaters gewesen. Wer verläßt schon 1941 als Jude den unbesetzten Teil Frankreichs, um nach Polen zu fahren? Ein Vierteljahrhundert später verabreden sich seine Töchter zu einem Treffen in Zamość, der Vater-Stadt: Hélène aus Haifa, Julie aus Berlin und Minouche aus den Südstaaten Amerikas. Mit dem Reiseplan ist Unruhe in ihr Leben gekommen. Erinnerungen an den Vater drängen sich auf: an seine stille Würde, mit der er sein Fremdsein in französischer Umwelt ertrug. Oder bewies seine unverständliche Abreise nicht gerade das Gegenteil? Seine Töchter sehen die glatte Normalität ihres eigenen Alltags nun mit schärferen Augen. Jede von ihnen nimmt Risse wahr und die verschiedensten Zeichen von Gewalt, mit denen sie bislang kritiklos lebten.

AtV

Band 1028 **Helga Schütz**
Jette in Dresden

240 Seiten
12,90 DM
ISBN 3-7466-1028-1

Juliane Mann aus Probstein, genannt Jette, ist jetzt in Dresden zu Hause. Der Krieg ist vorbei, die Stadt ein Trümmerfeld. Es ist schwer für die Zehnjährige, sich in den Ge- und Verboten der Erwachsenen zurechtzufinden. Niemand hat Zeit für Erklärungen. Warum darf man im Heimatkundeunterricht keine Bienen mit Seppelhosen und Wanderhut malen? Warum ist das Hakenkreuz verboten, und warum ist der Weihnachtsmann abgeschafft? Jette muß selbst herausbekommen, was man tun und sagen darf. Sie probiert es: neugierig und voller Phantasie. Manchmal erfindet sie auch die Wahrheit: »Das Meer ist blau! schwindelt Jette.«

AtV

Band 1121 **Christoph Hein**

Nachtfahrt und früher Morgen

Prosa

164 Seiten

12,90 DM

ISBN 3-7466-1121-0

In zwölf Geschichten, Anekdoten und Novellen wird mit vollendet ausgedachten Wirklichkeiten, mit historischen Begebenheiten, authentischen Personen und Skizzen aus dem Alltag Berlins gespielt. Geprägt vom inneren Witz und Scharfsinn ihres Erfinders, werden Lebensläufe, Kurzdramen oder amüsant-hintersinnige Berichte und Korrespondenzen aufgeblättert – facettenreiche Variationen zu den bekannten Romanen und Stücken Christoph Heins.

AtV

Band 1124

Christoph Hein
Der Tangospieler

Erzählung

14,90 DM
206 Seiten
ISBN 3-7466-1124-5

Erzählt wird die Geschichte eines jungen Historikers, der mit 21 Monaten Gefängnis für einen Studentenulk hat büßen müssen. Durch den Knast wird seine Biographie folgerichtig: Dallow ist ein Mensch, der das Gefängnis wittert und der es, als er wirklich darin gesessen hat, endlich sicher zu identifizieren vermag: als das Medium seines Daseins vorher, nachher, immerdar.

Barbara Sichtermann

AtV

Band 5167

Anna Seghers
Die Rettung

Roman

Mit einem Nachwort von Sonja Hilzinger

517 Seiten
17,90 DM
ISBN 3-7466-5167-0

Eine Grubenexplosion hat sieben Kumpel von der Außenwelt abgeschnitten. Nach vielen Tagen voller Verzweiflung und mühsam erhaltener Hoffnung werden sie gerettet. Die Erzählerin beobachtet sie weiter: Wie werden sie, die im verschütteten Schacht das letzte Brot und das letzte Wasser miteinander teilten, weiterleben? Was geschieht mit ihnen in dieser aus den Fugen geratenen Zeit, wo Inflation und Arbeitslosigkeit den Alltag bestimmen? Es ist eine großartige epische Chronik entstanden, die sich aus den verschlungenen Wegen menschlicher Leidenschaften, Bewährungen und Schwächen zusammensetzt.